笭菁45
鬼簿II
九尾妖狐
笭菁

目錄

CONTENTS

異遊鬼簿II：九尾妖狐

楔子

夜深人靜，簡單的小套房裡女孩正沉睡著。

雖是冬季，窗台邊的小盆栽卻剛吐出鮮嫩的綠芽，在月光映照下閃爍著生命的光輝。

女孩身上蓋了層厚被，房裡的擺設一如她的人，簡單不繁複。

脆弱的枝椏上掠過一層黑影，那初綻的綠芽瞬間枯萎，刺骨的寒冷隨即竄入女孩的身子裡，她忍不住一顫身子，倏地睜開雙眼。

「呼——」她吐出一口氣，氣體在空中化成白煙。

嚴寒的凍意貫穿四肢百骸，她向左側窗櫺望去，只見垂死的盆栽在月光下掙扎著。

「那植物與你無冤無仇。」她無奈的說著。

『妳該知道妳不適合養任何生物。』床邊傳來只有她聽得見的聲響。

祂回來了。

她不歡迎卻又無法拒絕的人歸來，這表示工作結束，或者祂有片段的空檔。

但是她不能問祂這次要待多久。喜怒無常的祂，有時會帶給她痛苦的折磨，而她只能默默承受著祂的到來——祂自以為的愛。

伸出手，她將蓋在身上的電毯打開，又從角落拿出另一條毯子覆在身上，只要祂在身邊，她永遠都處於逼近零度的寒冬。

那或許是地獄的溫度吧……

『繼續睡，我喜歡看妳睡著的樣子。』

「你明天會叫我起床嗎？」事實上她想知道的是——你會待到明早嗎？

『會。』祂的聲音很溫柔，卻引起她心底深深的失望。

她闔上雙眼，即使再冰冷她也會習慣，十幾年的光陰，祂都伴在她身邊，從一開始因恐懼而無法入眠，到如今幾乎無所畏懼。

側著身，她知道祂在背後望著，悄悄睜眼看向窗櫺邊的盆栽，她得想辦法再種一盆，再跟祂好好溝通，希望祂別再殘殺她的植物。

因為那是個禮物，來自另一個男人。

她不能說，因為身邊正眷顧她的「祂」，將會對送禮的人不利。

因為她，是死神的女人。

第一章・接觸

漫步在校園裡，拎著剛買來就冰冷的早餐，在一整排的銀杏樹道中走過，她看著枝頭金黃色的蒲扇銀杏葉，在寒風中舞著冬季組曲。

「你就不會傷害這些樹。」她有感而發。

『我不會希望人們看見異象。』

「那表示你也可以試著不傷害我的植物。」她很認真的說著，在旁人看來她像是在自言自語，也可能在講手機，但絕對不會知道她身邊還有個「人」。

『妳為什麼開始種植物？』這讓祂感到懷疑，『妳對生物不該有興趣！』

她在不知道的地方起了變化，祂敏銳的察覺到了。

「我想看一些活著的東西。」她說得很淡然，「我要進教室了，你別傷害到我同學。」

『哼。』

深吸了一口氣，感謝這位任性的死神，總是帶給她同學死亡的威脅。

「我說真的。」她得嚴肅強調。

『我——』話說到一半，死神頓了頓。『有事，我先離開。』

連點尾音都沒有留下，站在金黃落葉間，她感受到四周空氣頓時變得溫暖，同時也充滿了生命力。

剛剛那種死寂的感受消失得無影無蹤，她忍不住勾起淺笑，連她的內心也感受到些許暖意了。

歲末年終，眼看著寒假在即，在京都發生的事恍若隔世，時間總是在不知不覺中度過。

她才剛站到教室門口，游智禔立刻拚命向她招手！

「惜風！吆呵！」爽朗的他揮著手，原來早已為她佔好位置了。

幾個同學正圍在一起聊天，一看見走近的惜風，趕緊讓出空位，免得等會兒游智禔提出嚴正抗議。

全世界都知道游智禔喜歡范惜風，遺憾的就是——不知道這位冰宮公主是沒反應、神經大條，還是刻意裝不知道，都已經大三了，始終就是沒個譜。

「熱的英式拿鐵。」在星巴克打工的游智禔，永遠都會為她準備好。

「謝了。」她坐了下來，誠懇的向他道謝。

「惜風，我們聽說妳的短期打工很精采耶！」才一坐定，一票人立刻圍過來。「工讀生就可以跟著去日本出差耶！」

「對啊！我聽另一間學校的同學說，才確定就是妳咧！」

「還上新聞！我在電視上有看見妳！妳躲在後面，我們前幾天去找資料畫面才找到的！」

唉，何必這麼費事？她都已經盡力躲在小雪身後了！

而且都已經是過去的事了，何必再提？是小雪傳出來的嗎？惜風尷尬的笑了笑，那段打工經歷她並非相當愉快。

她是法律系學生，利用課餘時間到律師事務所打工，因緣際會跟著到日本去開會，結果遇上了日本赫赫有名的「丑時之女」。

一行人四個人去，返程時卻只剩下兩位，深埋在詛咒之林中的，還有十年前失蹤的女性。

那是段愛恨糾葛的故事，歷時十數年，深陷在愛情中的盲目者，用自己的方式成就愛情，最終為愛而瘋狂。

丑時之女，說穿了就是愛情的犧牲者，她們奢望著或是緊抓著得不到的愛情，意圖用詛咒除去情敵，就為了得到根本不屬於自己的愛情。

愛情，怎麼能用道理去說呢？

就算全世界的人都對那發狂的女子說：「那男人已經不愛妳了！」她也會給自己一千萬個理由，去推翻事實。

就算粉身碎骨，也在所不惜啊！

惜風悄悄揚起一抹微笑，她們覺得值得就好，外人沒有資格評判些什麼。

「好像遇到靈異事件，對吧？新聞報得超詭異！」郭佳欣說得煞有介事，「妳那個老闆在日本後來也出意外耶！竟然掉進十公分厚的冰層裡！」

「撈到屍體時才誇張咧！一口氣三具！新聞都打馬賽克，可是水果報紙有拍出來，三具屍體纏在一起，一具是失蹤的秘書，一具是還在勘驗中的白骨，聽說是因為衣帶纏住的關係！」

嗯，她知道那具白骨是誰，想必是老闆十幾年前失蹤的妻子吧。

就算死後，也要繼續爭奪同一個男人嗎？

「哎喲，你們不要煩她啦！惜風對這種事不感興趣的！」游智褆立刻摒退左右，「快點吃早餐，再十分鐘就要開始上課了。」

惜風淺淺一笑，即使附近的人投以再多注目的眼光，她還是只聳一聳肩，不予置評。就算她身在其中，就算她曾經親自跟丑時之女面對面，她也不會多說一個字。她不在乎很多事情，因為她不能在乎太多事情。

「好討厭喔，大家都想聽妳說耶！」郭佳欣還不死心，「這不是很特別的體驗嗎？」

「我不清楚，問我也沒用。」四兩撥千斤。

唉，郭佳欣嘆了口氣，不悅的努了努嘴，逕自說了聲小氣。

他們跟她同班三年了，也知道她是怪咖一枚，總是一個人靜靜的在角落不說話，望著奇怪的方向，身上隨時帶著一組盒子跟鑷子，用來在地上撿拾石子，然後口口聲聲說，她撿的是「死意」。

這嚇人的說法總是讓大家退避三舍，但頂多當她是神經病，可是每回她撿拾死意的前後，總是會發生命案，準確無比。

有一次是某位已自殺成功的同學坐過的石椅，她就在那兒撿石子，也曾經在地上撿得很開心，一小時後就有同學從那個位置跳樓自殺。

她還因此被警方約談過，但是她與死者毫無關聯，後來也被人指證，她從小就是這樣，進出警局好多次，因為她似乎可以「預言」死亡。

所以，過去還有個「死亡少女」的封號，每個人都深怕她露出喜悅的眼神，不顧一切的拿出身上的盒子，要去撿拾「死意」。

但無論警方或是老師怎麼問，她都不會說出個中原委，永遠只是給予制式的回答：「人總有一死。」

「妳要是有什麼能力，就可以幫助世界啊！」郭佳欣很認真的說著，「可以預知死亡的話，就能救很多人耶！」

「是嗎？」惜風劃上一抹冷笑，「妳以為人的命運是可以被干預的嗎？」

咦？郭佳欣望著她的眼神，突然覺得一陣冰冷。

「不是有部電影拍出預知死亡的後果？誰能逃得過死神的手掌心呢？」

惜風笑了起來，那部電影說穿了正是藉由死神之手拍攝，目的在於告訴具有能力的人，不該輕舉妄動。

露出難得的笑容，卻讓班上的氣氛降到冰點，所有人望著她咯咯笑個不停，竟是為了希望她能幫忙阻止死亡，讓人不寒而慄。

游智禔忍不住扔了眼色給其他同學，拜託他們別再鬧了，越鬧等會兒大家心情都不好，豈不是更糟？

惜風悠哉悠哉的吃完早餐，面對他人的眼光與輿論，她向來不在乎。因為，說不定等會這些人就已經不在人世了！又何必介意這麼多？

身為死神的女人，她享有特殊的能力與權力——任意選擇預知人們死亡時的模樣。平常只要「祂」在身邊，就能看見幽魂鬼魅，但是她也可以選擇不要看，這是「祂」賜給她的能力。

她擁有一支特別的眼線筆，只要畫上眼皮，就可以遮去觀人死相的「死亡之眼」，但不能遮去陰陽眼。

每次到學校，她都會盡量選擇闔上所有的第三隻眼，不去看見同學的死相。

再沒感情，也是同學。

她不喜歡內心的掙扎，那種明知道現在對自己微笑的人隔日即將消逝，卻一個字都不能說的感覺。

解決手上的早餐，惜風起身到後頭的垃圾桶去扔垃圾，走廊上卻出現奔跑的聲音，鐘聲開始響起，第一節課要開始了。

她回身，一個男生經過後門，還有他背上龐大駭人的陰氣！

惜風不得不停下步伐，這實在很難讓人不分心，那團陰氣強烈異常，她幾乎從沒看過這麼邪的東西！

思索三秒，她還是轉向後門口。

往左方望去，男生正朝他教室的方向走去，步伐卻沉重緩慢，一點都不像是要趕赴期末考的人。嘖，有陰氣纏身，還能輕鬆愉快，那才是厲害！背上一大團東西不是很清晰，但那東西有著強大的邪氣、還有——妖氣？甚至比她看過的厲鬼還驚人！

「金兆成！你快點！」兩個跑過去的男生大喊著，「大魔頭的考卷很多耶！」

叫金兆成的男生抬起頭來，才看了同學一眼，下一秒整個人竟砰的倒在地上！

「咦？」那兩個男生緊急煞車，趕緊往同學身邊衝去！

惜風比誰速度都快，飛也似的往前衝，那個男生瀕臨死亡嗎？她連忙來到昏倒的男生身邊，卻沒有在地上看到任何一丁點黑色的細石子。

沒有死意！他還沒有要死的心！

眼線筆可以遮去人的死相，陰陽眼的閉闔可杜絕看見魍魎鬼魅，但是這些都不會阻擋她看見「死意」的「天賦」——因為她必須收集大量珍貴的死意！

難掩失望，惜風嘆口氣望著依然盤踞在男子背上的邪氣，她的陰陽眼仍有作用，但卻看不清邪氣的原貌。

「他沒呼吸了！叫救護車！快點！」同學慌亂的對她喊著！

「我沒帶手機。」惜風回答得鎮靜自若，將金兆成翻轉身子，用力往他心口搥下去。

「哇呃——」金兆成忽地倒抽一口氣，瞬間恢復了呼吸。

終於翻出手機的同學們錯愕的望著他，再看向站起身的惜風。

「放心好了，他死不了的。」她淡然的說完，旋即回過身子。

因為他的死期未到。

至於他背上那團陰氣，說到底也不關她的事情，她純粹好奇罷了！太過接近危險，又會被「祂」罵，她沒興趣招惹死神。

走廊上一時聚集了人潮，每個人都看熱鬧似的往昏倒的同學看去，游智禔自然也飛奔出來，即使已是考試時間，老師卻制止不了這場騷動！

「是那個韓國留學生啦！」

「好像是韓籍生聯誼社的社長不是？」

「怎麼說暈倒就暈倒？有這麼虛嗎？還是太冷了？」

「拜託，他韓國人耶！那裡比這裡冷多少……」

惜風穿越人群，同學們不忘拉住她。「好正喔！妳救了他耶！」

「我沒救他，他本來就不會死。」一顆死意都沒有，讓她有點失落。

「這是預言嗎？」郭佳欣興奮的扣著她的手，晶亮的眼神讓人打從心底感到厭惡。

惜風不悅的抽開自己的手，這並不是她與生俱來的能力，而是因為死神在她身邊，所以她才能看見人的死相！

但是她只知道對方會死，以及死亡時的模樣，無法知道什麼時候死！

這又不是她要的能力，為什麼要用這麼興奮的眼神看她呢？如果郭佳欣這麼喜歡的話，她倒是非常樂意跟她交換命運——讓她去當當被死神青睞的女人！

惜風疾步往前去，卻不小心撞上另一個也趕來看熱鬧的女生！

兩個人相撞，趕來的女生手裡拿著的奶茶，就這樣全灑在惜風身上了！

「呀——」女孩忍不住尖叫一聲，她自己的衣服也沒有好到哪裡去！

惜風說不出話來，溫熱的奶茶濺上她的衣服跟臉頰，簡直狼狽不堪！

「對不起！對不起！我不是故意的！」女孩說話帶著奇怪的腔調，不像是台灣人。

「妳還好嗎？」

「我……」這樣能叫好嗎？嘆口氣，要不是因為考試，她真的想回家了。

一出門就沒好事，她關在家裡勢必舒坦得多。

單眼皮的女孩手忙腳亂，拿出面紙慌張的先幫惜風把臉擦乾淨，身後圍觀的人潮太大聲，沒有人留意到後頭這小小的擦撞插曲。

「我自己來就可以了！」惜風不習慣別人碰觸她，那張面紙在她臉上抹來抹去，讓她有遭受侵犯的感覺！

「對不起！對不起！」女孩根本沒在聽，拚命的道歉，面紙就朝著惜風的眼皮上一抹！

喝！惜風倏地握住女生的手腕，她瞪大了眼睛阻止女生的粗魯擦拭——那女生把她的眼線擦掉了！

然後，那個滿臉擔憂、堪稱清秀的女生就在瞬間變了一個人！

她平整無瑕的臉向下拉扯成腐爛的一條一條，臉上冒出坑坑疤疤的傷口，紅腫遍布，塗著唇蜜的薄唇乾癟萎縮，上唇甚至消融殆盡，眼皮退縮到只剩下一半，凸出的眼球像是金魚眼，這樣的確比她原本的眼睛大了許多。

拿著面紙的手上皮膚所剩無幾，手肘上的肌肉與褐色的骨頭裸露在外，僅存的肉絲隨風飄蕩。

頸子上有一條紅線，像是頭與身體早已分開，卻又被硬黏在一起般。

惜風就這麼凝視著眼前的單眼皮女生，雖然她已經習慣看人的死狀，但並不喜歡這種「魔術表演」，看著一個正常的人在瞬間成了屍體。

望向自己正握著的女孩手腕處，女孩的手腕上幾乎沒有皮膚，惜風緩緩鬆開手，還可以看見殘餘的黏液，在自己的掌心與少女之間牽出幾條透明的絲線。

「我沒事了。」她不自覺的低首，輕輕滑動鞋子，果然感受到密密麻麻的黑色石子在腳底滑動。

這個女生出現死相了。

在她四周是滿滿的死意，惜風認真的再次跟她保證她沒事，自己來就可以了，再看著那個女生鞠躬道歉，然後飛也似的往前奔去。

一邊狂奔，惜風回首就可以看見她被融蝕的身體，殘肉餘骨，伴隨著一路上的死意。

她蹲下身子，不顧身上的黏膩，從口袋中拿出隨身攜帶的盒子與鑷子，開始小心翼翼的撿拾著一顆顆黑色的石頭，她真希望可以撿到特別一點的，那樣的死意比較珍貴。

剛剛那個女生不是自殺，她的死意沒有自殺者來得堅決，每顆黑色的石子都比沙子還細，她得費一番功夫才能找到比較大顆的結晶石。

人之將死之際，會有死意誕生，有時是自我了斷的死意，有時單純只是將會死亡的意圖；自殺者的結晶又黑又大，而且數量非常多，因為他們死意堅決；他殺者或是意外身故者死意較少也比較細微，能有結晶石的不多。

但聊勝於無，她的重點是收集死意，有就好了，別計較太多。

「嗄。」惜風一時以為自己眼花了，她鑷起一顆石子，足足有一克拉那麼大，而且透著陽光，竟然是黑帶紅的色澤？

她沒瞧見過這樣的死意，好特別啊！一定是上乘品質！

只見她喜出望外的將身邊的盒子拉出另一層來，慎重的放入這品質優異的死意。

在她身後的那一大群人，早就注意到她詭異的行徑，但是沒有人敢打攪她，范惜風撿拾的動作又出現了，是否代表又有人會死亡？未免太可怕了吧！

救護車的聲音嘈雜逼近，惜風將道具收拾好，看著車子在樓下停了下來，救護人員拿著擔架跑進來；她掛著滿足的笑容，聽後頭有人在用韓語呼喚著類似「金兆成」的發音，伴隨著哭泣聲。

惜風愉悅的走進最近的廁所，她得稍做清理，把眼線補上。

她好整以暇的拿出眼線筆，將眼線畫上，今天收集到的死意是難得的逸品，她已經心滿意足，不想在校園裡四處尋找意圖自殺的人了。

將臉上跟髮梢的奶茶擦乾淨，她還是先考完試，今天心情意外的轉好，多虧了那個單眼皮女生。

至於她為什麼會死、怎麼死的，她都不會過問。

死神的獵物，誰都不許插手。

唰——

咦！才把眼線筆收進包包裡的惜風一愣，大量碎石落地聲從廁所外傳來，讓她呆立在鏡子前！

那是死意的聲音！

她急急忙忙的衝出去，卻只看見走廊上的人潮，腳下滾動著顆顆死意，但是她剛剛才把眼線補上，看不見究竟是誰露出了死相！

還是先把眼線擦掉，露出死相的人在活人之中一看便知，那大量的掉落聲不是常態，可能會是更珍貴的死意——

「惜風！考試了！」游智禔跑過來吆喝，就在離她不遠處。

惜風望著游智禔，走廊上圍觀的人漸漸散去，紛紛回到教室裡，面對著在眼前的同學，她蹙起眉頭深思數秒，緩步走出廁所。

沒關係，就只是死意而已，這個世界上每天死亡的人何其多，不差這一個。

只是剛剛那個聲音並不尋常，跟一般死意墜落聲是不一樣的。

她勉強勾起微笑，走進教室裡坐定後，老師開始發下考卷。

即使是重要的期末考，但她卻滿腦子都在想剛剛那奇異的死意落地聲，還有那個單眼皮少女、昏倒的男生。

心緒不定，她有種山雨欲來的不安。

第二章・意外

好不容易考完九十分鐘的第一堂課，交卷之後許多同學仍在座位上休息，準備下午的考試科目；惜風心中有事無法專心，怎麼樣也看不下書。

突然有張紙條傳到她桌上，惜風下意識的皺起眉，她不愛傳紙條，也討厭當傳紙條的工具……不！問題是現在是下課時間，有什麼事幹嘛不直接說？

但是頻頻回首的郭佳欣，卻指指她，又將食指擱在唇上比了個「噓」。

給她的？她不記得跟郭佳欣有這麼好交情。

惜風打開來看，裡面寫著「韓國」及「五千元」兩行字，她瞥了一眼，又把紙條擱到一邊去。

開玩笑嗎？她至少有機票不便宜的常識，何況寒假屬於旺季，怎麼可能有這種價格？

郭佳欣明顯的嘖了幾聲，她紙條已經傳遍附近的同學，怎麼每個人都當她開玩笑啊？他們不知道旅行社有一種叫「清倉價」的東西嗎？機位都訂了，人數未滿，只要有人去填上機位就好了啊！

她也知道寒假是旺季，但大學生比較早放假，小孩子還沒放假嘛！所以還有段空窗期可以拚便宜，總共四天三夜，只要五千元，竟然大家都不屑一顧？

惜風不予理睬的打開課本，隨手翻著書，卻發現左手竟黏在課本上，硬是拔不下來！奇怪！惜風瞪著自己的手瞧，為什麼跟書本黏在一起呢？

她很想使勁拔，但是這樣的動作未免太過明顯，可是也總不能讓她的手一直黏在這裡吧！

搞什麼！惜風咬著牙，悄悄的從鉛筆盒中拿出刀子，不得不把書給割下來了。但是當她準備下手時才發現，她剛剛正握著書本，這樣下去她得拆了這本厚達七百頁的書？左手掌傳來灼熱感，她自己明白，這不是平常人能理解的現象！

牙一咬，惜風把東西全掃進書包裡，只得左手捧著書，右手拎過外套，就這麼大剌剌的起身，在同學們的錯愕目光下，疾步離開了教室！

她很難得跑步，但是這次她幾乎是用跑百米的速度往廁所的方向衝，直接把書扔到水龍頭下，卻怎麼樣也沖不開她的手！

召喚死神嗎？不，好不容易才盼到祂離開，哪有叫祂回來的道理？

可是她的手是怎麼回事？左手剛剛又沒碰到什麼——喝！惜風一怔，她的左手剛剛碰到了——那個單眼皮女孩。

但是她是個人，對吧？還是個活人！只是在那女孩擦掉她眼線的瞬間，惜風瞧見了她的死相而已。

那隻手在世人眼裡還是完整無缺的，並不是她眼前瞧見的腐爛模樣，也不會出現掌心與她手腕間的黏液。

那麼現在這是怎麼回事？為什麼她的手會黏在這本書上？

惜風猶豫了半天，咬著唇收拾好慌張的自己，拿衛生紙隨意把濕透的書擦乾，從容的走到公共電話邊，按下她熟記的一組號碼。

『喂。』電話那頭的聲音，比平常更加冷淡。

「是我。」她幽幽的說著。

『……』先是一陣靜默，然後出現了一抹笑聲。『我說范小姐，就是我兩個字誰認得出來妳是誰啊？』

「你聽出來了不是？」惜風深吸了一口氣，「我有麻煩了，需要你幫忙。」

『妳身邊不是有個萬能的？』

「祂才走，我不希望祂折返。」惜風咬了咬下唇，「當作我請你出馬，費用照算。」

『嗯，我可是很貴的。』他故意把話說得曖昧不清。

「我現在很煩，拜託一下！」惜風也沒好氣的嘛了嘛嘴，「你在哪裡？北上要多久？」

『十秒鐘。』

咦？惜風真的愣了一下，她狐疑的蹙起眉心，電話那頭剛剛說了什麼？十秒鐘是——一隻大手冷不防的抽過她手裡的話筒，惜風嚇得轉過身來，赫然發現電話裡的聲音，就在她耳邊。

她瞪大雙眼，一時以為自己眼花，若不是他如此貼近自己，鼻息落上她的臉，她一定會以為這是幻覺。

「你……」她倒抽一口氣後，因為試圖閃避他，導致重心不穩的向後踉蹌。

「嚇妳一跳了？」賀濔焱笑了起來，順勢勾過她的背，為她穩住重心。「這點就還滿值回票價的！」

「你為什麼會在……」這裡？她的學校？

「我感覺到那傢伙走了，所以就順道過來看看。」他仰起頭，環顧四周。「貴校還真是精采啊！該有的一個都不缺。」

「別管我學校裡的東西了！我的手！」她用右手捧起書，賀濔焱皺眉狐疑的瞥了眼。

「嗯，我對憲法沒興趣。」

「我是說我的手！」她很想把書倒過來給他看，但這傢伙有點醒目，不少女生正投以注目。「我的手黏在書上了！」

「呃，哈哈哈！」他發出很放肆的笑聲，「妳這個人平時就做人失敗，被黏三秒膠？這種事要勞煩我未免也太——」

才取笑到一半，他卻因為觸及惜風的手而停止。

賀濔焱瞬間斂了神色，緊扣住她的左手，將之翻轉過來。

這是什麼東西？妖氣如此之重？甚至在惜風身上下咒術？賀濔焱不顧他人目光，雙指併攏立即喃喃唸咒，在惜風雙手兩側一劃，書本砰的應聲而落！

這聲巨響在走廊前起了一陣小回音，惜風鬆了一口氣，搓著失而復得的左手，眼神落在那本書上頭。

「請幫我撿一下。」她當然不敢再碰那本書，再黏一次還得了。

賀濔焱默默的注視著那本書，倒是沒有猶豫的就將它拾起，再遞交給她。

「幫我拿一下行嗎？」她把背包取下，想請他把書直接扔進去。

「不必擔心，這上頭什麼都沒有。」賀濡焱說得很正經，但還是為她把書放入背包。

「以防萬一。」她望著自己的掌心，竟然黏著一堆書上的紙。「我去洗個手。」

她扭頭又往女廁走去，賀濡焱站在外頭聽著裡頭的水流聲，時間越來越久，水流聲幾乎未曾停過。

終於，惜風慘白著一張臉走了出來。

「我說過，書上頭什麼都沒有。」他正靠著牆，不羈的笑著。

惜風顫抖著高舉左手，掌心向著賀濡焱，神情凝重。

她的左手掌上有著密密麻麻的字，那不是書本上的紙張，而是烙在她掌心裡，像是刺青般的文字。

有圓圈也有線條，是誰都看不懂的韓文。

咒術，是在她的手上。

※　　※　　※

「明天早上十一點一定要到機場喔！」郭佳欣很認真的交代，「然後——」

「千萬不能說我是拿清倉價。」惜風瞥了她一眼，「我已經知道了，妳不必一直講。」

「我是擔心啊！萬一讓其他團員知道就不好了。」

考完最後一科，惜風把課本收進書包裡，游智禔一臉不悅的來到她身邊。「妳怎麼突然要去韓國？」

惜風抬頭看了他一眼，眼神又回到桌面。「因為便宜。」

她下意識的望著自己左掌心裡密密麻麻的韓文。

洗也洗不掉，搓也搓不去，她洗到都快見血了，那些文字還是像刺青般烙在她的手掌心上。

「厚。」游智禔一臉不能諒解的樣子，「郭佳欣，都妳啦！莫名其妙招什麼團！」

「我是好心報好康耶！」郭佳欣開心的瞇起眼，因為她也是撿便宜的一員。「五千塊就能去四天三夜，白痴才不去！」

「那惜風要去也不跟我說一聲，我也可以號召人一起去啊！」游智禔抱怨著，「不是說還有四個位置？」

「滿了。」郭佳欣聳了聳肩，的確是滿了。

一個之前在社團認識的學妹、她自己、惜風，以及一個不認識的男生。

原本她是要找游智褆，畢竟知道他喜歡惜風很久了，麻吉間製造一點機會也好，偏偏惜風在斷然拒絕的當天竟開口跟她要了兩個位置，只是到現在另一個人還是神龍見首不見尾，她根本不知道是誰。

問惜風當然沒用，她本來就不會說。

「再見。」

惜風冷不防的站起身，拎起背包就要離開。

「欸欸——」游智褆忙不迭的追上，「中午了，我們一起去吃飯吧！」

「我發現一家海鮮燴飯，滿好吃的！」郭佳欣也趕緊提議。「考完去輕鬆一下吧！順便去唱個歌？」

惜風不由得皺起眉望著左右兩邊的同學，她沒有習慣過團體生活。

「我還有事，你們去吃吧。」她淺笑，就這麼乾脆的拒絕了共進午餐的邀約，疾步往前而去。

她的確孤僻，畢竟當妳的生命握在死神手上時，對很多事情都不會太在乎。人生、朋友或是希望，這些根本都是不存在的東西。

一直以來她都不在意周遭的人事物，只在乎看見人的死相，進而取得一顆又一顆的死意；身邊一直有死神伴著，她根本不需要太多的朋友。

小學時她曾因為家裡的兇殺案被幾個小女生排擠，死神沒要她們的命，卻讓她們終生半殘；小六時有個男生喜歡她，遞情書給她的隔天在家裡發瘋，口裡嚷著有一堆地獄惡鬼在他房裡要拖他入地獄。

國中時好不容易找到陽光般的好朋友，結果因為一個小誤會兩人吵了架，她痛哭失聲的那晚，那個好朋友被瘋子潑了硫酸，終生毀容。

她們連和好的機會都沒有，死神會掃除掉所有讓她難過、分心，甚至對她有愛意的男生。

沒有取走他們的生命是因為萬物有其運行法則，但是死神對他們的傷害卻讓他們生不如死——也讓她生不如死。

遠離人群、離群索居是她的人生寫照，這樣就不會牽連到無辜的人，反正等到她變得最美的那天，死神就會帶她離開。

離開去哪兒她也管不著，只是她搞不懂什麼叫「最美」的時候。

惜風逕自到便利商店買了個三明治配上鮮乳，她並沒有約任何人，純粹只是不想跟別人一起用餐而已；她找了學校僻靜處的花園邊，坐在花圃旁的石圍上，她喜歡這裡的景色，打算等用完餐再回去整理行李。

四天三夜，行李不必多，反正是自由行，簡單就好。至於死神，她還在想該怎麼交代，因為從那天他急忙的離開後，就沒有再出現過。

「嘿！」身後忽然傳來親切的叫喚聲，人影跟著跳下。

那是個擁有俏麗短髮的女生，她朝著惜風眉開眼笑，手裡也抱著便利商店的速食午餐。

惜風沉靜的望著她，怎麼看都不覺得是熟人。

不過她沒在記人，生命中每個人都是過客，同班三年的同學能叫得出十人就已經額手稱慶了，所以這樣的現象自是正常。

惜風不動聲色的站起身，決定換另一個地方坐。

「欸欸，妳要走了喔？」俏麗女孩錯愕的拉住她。

「妳喜歡這裡就讓給妳，我到旁邊去吃。」惜風蹙眉望著被握住的手。

「為什麼？一起吃不就好了？」她用力把惜風給拉坐下來，「我找妳找很久耶！」

惜風並沒有表現出慍色，只是不明所以。「老實說，我不記得妳。」

女孩子臉上並沒有出現驚訝的神色，反而是笑彎了眼，咯咯笑個不停。

「我變很多，妳當然不記得嘍！」女孩揚了眉，「我是蘇子琳——」

蘇子琳？

惜風平靜的臉龐終於出現一絲激動，她倒抽一口氣，整個人幾乎跳了起來——蘇子琳，她國中時最要好的朋友，那個被死神毀容的女生！

現在竟然出現在她面前！

看著那張全然陌生的臉龐，白淨滑嫩的皮膚，圓潤的大眼，小巧的鼻子跟笑個不停的嘴，這不是她記憶中的蘇子琳啊！

「我……我不知道……」因為子琳不是長這樣的！

「妳忘記了嗎？我國中走地下道回家時，被人潑了硫酸。」蘇子琳說得很自然，「後來我就休學啦！記得嗎？」

記得，這是刻在她記憶裡的痛，她怎麼可能忘記！

「因為我出國去整型了！」蘇子琳笑開了顏，「換了一張比以前更好看的臉呢！」

真的是蘇子琳？惜風完全不敢置信，她甚至連蘇子琳的聲音都不記得了！

她只知道蘇子琳的樣子，她不美但卻有股光芒，開朗又極富正義感，閃耀著領導者的風範，在班上總是領導人物；當初是蘇子琳主動接近沉默乖僻的她，不論她怎麼冷漠以對，子琳就是會拉著她一起活動。

說起這份開朗活潑，眼下的女子是很像。

「幹嘛站著？坐啊！」蘇子琳拍拍身邊的位置。

「我……妳真的是子琳？」惜風既害怕又雀躍，有種身在夢境的感覺。

「千真萬確！」她打趣的望著惜風，「妳呀，比以前更深沉的感覺耶！一樣喜歡拒人於千里之外！」

聽見蘇子琳話當年，惜風有種想哭的衝動。

「剛剛在便利商店看見妳，我就知道妳是范惜風了，完全沒有變……」蘇子琳頓了一頓，「呵，不能這樣說，妳真的變得很漂亮呢！」

惜風對外貌沒什麼興趣，受人稱讚也不會有什麼心喜之感；事實上她對於自己的外貌有點意見，雖說不上絕美，但是恬靜如瓷娃娃，極易吸引男生注意。

所以她非常害怕想搭訕的人，或是如同游智禔這樣的青睞之輩。

怕他們的人生被自己毀了。

「妳在這裡做什麼？」惜風好一會兒才發問。

「我？上學啊！」蘇子琳塞進一大口飯糰，好笑的望著她。「不然咧？妳以為我來觀光嗎？」

惜風認真的點了點頭。

「哈哈哈！妳還真的都沒變耶！很懶得去管別人的事厚！」蘇子琳笑得很誇張，「惜風！我跟妳念同一所大學啦，只是我現在大一！」

「大一？」

「我休學又出國整型，足足小了同歲的兩屆啊！」蘇子琳比了一個二，「我只是好意外，想不到我們又見面了！還念同一所大學呢！」

好意外……是啊，簡直不可思議，她從未想過會見到過去因她受傷害的朋友們，即使他們一輩子都不會知道自己的事故與她有關，但她是當事者，不可能裝作不知情的繼續與他們聯絡。

每個人出事後，她都會選擇離開，所以當年蘇子琳受傷之後，她立刻轉學，遠離所有的舊識。

也因此，就算蘇子琳要聯絡她，想必也是聯絡不上。

「我啊，曾經試著打電話給妳，但妳轉學了，也搬了家。」蘇子琳話說得有點感嘆，

「那是沒手機的年代，要找人真的很難，我當然也沒有積極，臉上的傷讓我消沉了好一陣子。」

「……」惜風望著蘇子琳如今無瑕的臉蛋，深深的感到鼻酸。「對不起。」

「咦？道什麼歉啦！又不是妳的錯！我自己那時也拒絕跟別人聯絡啊！妳不知道，我連老師都不見呢！」蘇子琳以笑化解尷尬，她沒聽出惜風的重點是什麼。

她的歉意不是來自轉學，而是來自毀了蘇子琳的臉。

是死神做的，祂操控著人類，讓那個總是在潑酸的人選擇了最佳的時機，對付蘇子琳！

就算她不願意卻也無力抗爭，死神要做的事誰都制止不了，即使她從未有意傷害子琳，但子琳還是因她而受傷。

看見現在的蘇子琳，回憶湧上心頭，惜風突然為她能整型成功感到慶幸不已。

「以後我們再一起吃飯好不好？我超懷念的！」蘇子琳將飯糰包裝紙揉成一團，「一起逛街、一起出去玩……我一直在想像，跟惜風一塊兒長大的樣子。」

惜風內心澎湃洶湧，蘇子琳是她這輩子唯一信任、深交過的朋友，當年她何嘗不是想像著永遠擁有好朋友？

就算現在，即使數年不見，她也想再跟蘇子琳敘舊——但是，這是絕對不允許的！她不敢想像當死神看見蘇子琳時，會做出什麼事！

「我……」惜風驚恐般的站了起身，「很抱歉。」

「咦？」蘇子琳錯愕的望著她。

「我們已經不是國中生了，很多事情都變了。」惜風邊說，一邊後退，手掌心裡的三明治眼看要被捏爛了。「生活圈也不一樣了。」

「惜風？我們可以適應彼此的生活圈啊！」蘇子琳一臉不明所以，她跟著站起身，為什麼惜風怪怪的？「妳的生活圈不大吧？我也不會強迫妳適應我的朋友，只要有我們兩個就可以啦！」

「不！」惜風斬釘截鐵的拒絕，「我們不要再見面了。」

「什麼？」蘇子琳不解的高聲喊著。

「我們已經不是朋友了！不要再找機會跟我說話！」惜風越退越後面，到了小徑上扭身就想走。

「范惜風！妳把話說清楚！」蘇子琳的個性原本就很大剌剌，不甘願的追上前！

惜風止住了步伐，她突然想到蘇子琳是個鍥而不捨的人，只要她想要的東西，就一定要得到。

這樣莫名其妙的理由，蘇子琳絕不可能接受，好不容易久別重逢，她卻是這種態度，子琳不會信服的。

所以惜風轉過身子，很認真的望著蘇子琳。

「我並不認識妳。」她得很努力才能說出這樣冰冷的話，「妳這樣子不是我認識的蘇子琳，很遺憾我無法接受。」

蘇子琳雙眼瞠圓，幾乎不能動了。

惜風暗暗的深吸一口氣，向後退了數步，然後用冷漠的目光掃了蘇子琳最後一眼，旋身往另一個方向離去。

她知道蘇子琳還呆站在那裡，她知道言語之刃能傷人多深，她更知道蘇子琳可能正淚流滿面，回家後還會痛苦個好幾天，腦子裡盤旋著她說的「我不認識妳」。

這是對蘇子琳本身的一種極大否定，也會再次勾起她被毀容的記憶！

但是請相信我，子琳，這樣的痛苦會隨著時間淡化，總比未來再遭受更可怕的事情好！

『呀——』

刺耳的尖叫聲突然自不遠處傳來，惜風戛然止步，驚魂未定的往聲音的方向看去。

那不是人的聲音！

她聽得出來，那種淒厲與距離感，絕對不是人類的尖叫聲。

掌心忽然一陣刺痛，逼得惜風往左掌心看去，那天在她掌心留下烙印的留學生，當時出現了死相，而出現死相後二十四小時內，必定會死亡。

但是，那個留學生沒有任何新聞。

沒有新聞、沒有屍體，充其量只是失蹤，她被烙印的當天甚至刻意去打聽那女生，知道了她是日文系的韓籍生，名叫崔承秀，原本想找她問問關於烙印的事，但卻無論如何都找不到她。

那天跟惜風相撞之後她甚至沒去考試，崔承秀宛如人間蒸發。

韓國學生圈更是彷彿不知道這個人似的，她還特地去韓聯社問，卻沒有人在意她的下落。

但惜風知道，她已經死了。

早就超過二十四小時，露出死相的人不可能還活著。

她望著眼前的一大片草地，這兒像個山丘似的，也是學校一隅，廣大的草原後有些什麼，只要她把眼線擦掉，她就能知道。

但是她不該管閒事的，她一不來超渡他們、二不來誦經，三也不會找人來幫忙，發現屍體跟找麻煩是畫上等號的，那代表她又得在警局待上好幾天。

那天撿拾她的死意也被很多人看見，還是避免接觸好了。

如果有屍體也該有屍臭，遲早會被人發現吧！惜風咬著唇思忖，如果這裡有鬼存在，她很想問問，那天在她手掌心烙印的人是否正是崔承秀？

「嗚——汪！」

冷不防的，犬吠聲激烈的傳來，兩三隻狗兒朝她身邊衝過來，對著草皮那端猛吠。

狗也察覺到什麼了嗎？

不過這也太怪了，死那麼多天了，狗應該早就聞到屍臭味，把屍體拖出來才對吧？

「汪汪！汪！」狗兒們爭先恐後的叫著，但是卻沒有一隻敢上前一步。

許多學生也注意到狗兒們的狂吠，惜風決定趕緊離開現場，不想被牽連進紛端，明天就要去韓國把手上的烙印解決掉，容不得她多惹事端。

才剛要走，惜風忽然瞥見雪白的狗尾，咻的出現在山丘的那端，眨眼即逝。

咦？惜風愣了一下，好白的毛色，毛看起來也很豐潤，雖然只是驚鴻一瞥——但學校裡沒那麼漂亮的狗吧？

「唔汪！」不知道為什麼，身旁的狗兒突然像發狂般，直往那白狗的位置追去。

惜風沒有多作停留，疾步離開那個區塊，直覺告訴她那邊一定有問題，還是少碰為妙。

她感到心神不寧，不知道為什麼，自從手上被烙印之後，總覺得浮躁難以平靜，加上死神不在身邊，讓她有點無所適從。

是，以現實面來說，死神會盡一切力量保護她。

難得失聯的祂，表示有極重要的大事發生，而祂不在她身邊，就沒辦法為她抵禦威脅，或是發現潛在危機。

但是轉念一想，她還有另一個「他」。

停！惜風咬著唇，逼自己把腦子放空，她不能任意思考那個人的事，不能讓死神有機會發現端倪！

她帶著未竟的午餐往宿舍方向走去，讓腦子裡想一些無關緊要的事情，例如下一盆植栽什麼時候買，該如何跟死神溝通等等。

悠閒的走在路上，到處是一簇一團的學生們，而有一團特別的安靜，因為他們正在望著她。

惜風並沒有多加注意，她只是瞥了他們一眼，那群學生沉默的凝視著她，當她再望向他們時，有個男生勾起淺淺的笑容，像是朝著她打招呼。

不認識。惜風的腦子傳達出這樣的訊息，所以她沒有回禮，只是逕自離開。

直到隔天在機場再度瞧見他們時，她才知道，那天中午並不是偶遇，而且她早就見過他們。

第三章・掌心

飛機歷經近三小時後抵達首爾，抵達時已經是夜晚，一月的首爾依然很冷，在等待大家上廁所時，惜風把帽子圍巾都套上，領隊帶著大家上車，一邊推銷套裝行程，一邊說明注意事項。

惜風不會去觀光，她的目的是解決左手掌上的東西。

這趟旅行是意外，連過程都意外不斷。

她不由得瞥向所謂的「團員」，郭佳欣帶來的玩伴她不但認識，還熟到前一天才照過面——蘇子琳。

她不知道郭佳欣為什麼剛好認識蘇子琳，更不懂蘇子琳怎麼會這麼巧的知道清倉團，她只知道在機場見面時的氣氛尷尬，她們誰也沒忘記前一日分手前難堪的話語。

蘇子琳明顯僵硬，照面時只用眼尾瞄了她一眼，隨即別過頭去；她不在意，這是預料中的事。

更誇張的是，同班飛機上，竟然有韓聯社的學生——正是昨天在校園裡盯著她不放的那票傢伙！她後來想起來了，早先曾跟他們幾個人見過面，為了打聽金承秀的消息。

這些巧合讓她難以自在，一切都跟韓國有關。

輕嘆了一口氣，走在她身邊的賀先生冷冷的說，他早就不相信巧合這種事了。

「我們明天要去哪裡？」郭佳欣興奮的盤算著。

「我沒有要跟妳們一起活動的打算。」惜風微微回首說著，一回身，就看見蘇子琳。

「咦？為什麼？我們不是一塊兒的嗎？」郭佳欣顯得很詫異，在機場時知道惜風跟子琳認識已經很驚奇了，更怪異的是她們互不說話，現在又——

「只是託妳報名而已吧！其他的事都妳自己在想。」賀濴燚忽然大手一攬，把惜風攬到身邊，再往前大步走去。「這不怪妳，人類很常把許多事視為理所當然。」

「可是——」郭佳欣完全無法理解！

此時，學校的韓籍生陸陸續續掠過身邊，出關大廳有一群穿著西裝的男士們伸手接過那群學生手上的行李，看起來畢恭畢敬，而那群學生也一反在校的純樸模樣，嚴肅的神情與傲然，怎麼看都不是普通人。

在機上時他們全數坐頭等艙，惜風經過頭等艙時，再度受到注目禮。

「你們學校的韓籍生感覺關係不錯，都一夥的。」賀濴燚回首向郭佳欣打探，「而且好像是大戶人家的感覺。」

「我不知道耶！」郭佳欣其實也很疑惑，「我之前沒跟他們很熟啦！只知道有日文系的、英語系的，還有中文系的，不過有可能是一起來接機啦！」

惜風忍不住回頭瞥了她一眼，「這叫不熟？妳認識那些留學生耶！」

「吼！妳忘記我大一是公關喔？」郭佳欣一臉受不了的樣子，「我們跟那些系都聯誼過啊！」

她不記得。惜風聳了聳肩，她沒在乎過這個，她只是去聽課、念書，考試考好，學生的本分僅止於此，其他的娛樂她完全沒碰。

那留學生往外走去，總是衝著她笑的男生轉過來，目光很準確的落在她身上，又是一個微笑，甚至揚手說了再見！

她討厭這樣的舉動！

「那是誰？」她立即問了，不避諱的指向男生。

「啊！金在旭！哇，妳認識他啊？」郭佳欣又一臉不可思議，范惜風明明是孤僻大王啊！「他是韓聯社的副社長耶！」

惜風緊皺著眉，怎麼看都覺得對方有問題！

「不認識等會兒就認識了。」賀濡焱趨前輕鬆的說，「妳有惹麻煩的本事。」

惜風不由得白了他一眼，完全無法反駁。

「車子來嘍！大家跟上！」領隊在前頭吆喝著，一行人趕緊疾步跟上。

車子是小巴，大家得擠在一起，賀濡焱主動挨著惜風坐，讓她靠窗坐，他則靠近走道。

隔著走道是郭佳欣跟蘇子琳，郭佳欣還不死心的問到底發生了什麼事，為了什麼吵架，以及大家真的不一起走嗎之類的問題。

靠窗的兩個女人都沒說話，賀濡焱閉目養神，郭佳欣一個人唱獨角戲。

直到抵達飯店，領隊叫人領房間鑰匙，然後再調整男女生的住房；偏偏一群出遊的人剛好是雙數，大家已經算好要怎麼住了，其他異性都是男女朋友，所以領隊詢問惜風是否要改單人房，一晚加個一千元。

「不需要。」惜風自然的望向身邊的賀濡焱，「你呢？介意嗎？」

「我也不介意。」賀濡焱抽過領隊手上的鑰匙，「就這樣了，我們想早點休息。」養精蓄銳，才能應付明天可能開始的硬仗。

郭佳欣嘴巴張得超大，這個帥哥難道跟惜風是——男女朋友？惜風有男朋友了？啊咧，那游智禔是在一頭熱個什麼勁啦！

人家都好到可以睡同一間了耶！

「那是惜風的男朋友？」連蘇子琳也忍不住低聲開口，這一路上的互動，看不出有那麼親暱啊！

「我之前沒聽說過！但是他們這樣子難道不是嗎？」郭佳欣瞠目結舌，她應該要跟游智禔說一下的！

走在前頭的兩個人根本懶得說明，他們只是覺得睡同一間比較有照應，而且他們彼此也不介意。

更何況，這次來韓國是賀瀶焱的主意，他原本就是為了惜風而來。

她手上的烙印是某種咒術，只怕皮肉都削去了，文字還是會浮在骨頭上，而事發起因就在於那個陌生，且已經消失在人世的單眼皮女孩。

他們坐電梯到所屬樓層，電梯在中間，左右兩邊各是不同的房號，郭佳欣他們在斜對面，惜風只淡淡說了聲晚安，就跟賀瀶焱一同進入房裡了。

一進房間，惜風就重重的嘆了口氣，難受的緊蹙雙眉，整個人幾乎站都站不住！

「怎麼？」賀瀶焱扔下背包，立即上前攙扶住她。

「我好冷。」她用右手緊扣著自己的左手腕，「我的左手像冰塊一樣！」

「過來！」賀濡焱一把抱住她往床邊拖，脫下手腕上的護腕，直接套上她的掌心。

那護腕上繡著經文，賀濡焱雙指併攏厲聲喊了聲：「現！」惜風立刻向後抽搐著身子，慘叫出聲。

「哇啊——」她痛得打滾，「好燙，現在好燙！」

賀濡焱趕緊將她抱住，另一手也幫忙握住她的左手腕，圈在上頭的護腕照理說能把裡頭潛藏的東西逼出來，結果現在卻眼睜睜看著他的護腕在剎那間被撕開！

惜風的左手衝出一股靈力，在空中竄跳，以迅雷不及掩耳之姿瞬間撞擊所有亮著的燈泡，碎裂聲此起彼落！

賀濡焱第一時間張開結界，伏在床上，緊緊護住惜風。

房間突然變得如寒冬般冷冽，一如前幾個月在京都遇上丑時之女時的感受，那是凍徹心腑的寒冷，不只是氣候的溫度，而是人心。

「有東西在……」躺在床上的惜風，可以感受到正上方人兒的溫度，她說著話，吐出了白煙。

賀濡焱知道有東西在，甚至就站在他們的床尾，沒有殺氣也沒有惡意，有的是重重的妖氣與邪氣，目前的氣氛是平靜的，那個東西就站在床尾動也不動，沒有說話也沒有採取進一步的攻勢。

賀濔焱正在估算，到底要什麼時候進攻才能有勝算。

『不公平……』

幽幽的、細柔的聲音傳來，是女孩子的聲音，帶著點脆弱與哽咽。

惜風與賀濔焱四目相交，她輕抵著他的胸膛，試圖坐起身來；她的左手不痛了，不冰也不熱，處於相安無事的姿態。

賀濔焱冷不防的翻轉坐起身，卻呈現備戰姿態，以防萬一。

床尾是一團森白的氣霧，隱約可見一個女孩的身形，女子不高不矮，但是相當削瘦，模糊的輪廓瞧不出樣貌，但是至少知道她不是個人。

「妳……在我手裡嗎？」

『太不公平了……』那女孩說著，幽幽的嘆了口氣，『時候未到……』

那飄渺的嗓音這麼說著，忽然白霧化成一縷輕煙，直往惜風的左手而至！賀濔焱手持佛珠趨前，他有設下結界，那傢伙應該不會輕易的進——還沒想完，那陣白霧真的穿過結界，甚至繞過佛珠，沒入了惜風的掌心！

「啊——」惜風倒抽了一口氣，左手微顫，她可以在白霧穿進的那瞬間，感受到一股冰冷。

房內陷入一片黑暗，床上坐著的兩個人目光都放在惜風的左手上，她顯得有點激動。

「那個在我的身體裡？」惜風不可思議的低喊著，「附在我手上？」

「嗯。」賀瀮焱確定的翻轉著她的手，「妳的手是出入口，那東西跟了妳好些天了！」

「是那個女生對吧？天哪！我應該要找到她的鬼魂問清楚的！」惜風真不敢相信，為什麼她總會遇到這種事。「那天她是故意撞上我的嗎？不，是我自己去握住她的手的，可是——」

「妳先別急，冷靜一點。」賀瀮焱藉著窗外的光線，走到電話邊，先打電話要求換房間。

惜風拚命的回想撞上那一天的事情，她沒有招惹誰，也沒有犯禁忌，那個究竟是何方神聖？為什麼能在相觸碰的一瞬間對她下咒？

「先出去吧。」賀瀮焱拉過她，往門外扯去。

結果才一出門，門邊就站了兩個既熟悉又陌生的人，一男一女，那幾個留學生中的兩位！

「嗨，范惜風！」壯碩的男生主動打著招呼，「怎麼跑出來了？房間有問題嗎？」

惜風瞪大雙眼，他們知道她的名字！

「遇到什麼了嗎？」另一個女生鳳眼上揚，狐疑的想往門裡看。

賀濡焱腳一勾，硬是把門給關上，還奉送一個微笑。

「你們是誰？我並不認識你們。」惜風倒也直白的問。

「我叫全書海，她是尹敏兒。」全書海大方的自我介紹，「妳是范惜風，至於這位——」

全書海打量著賀濡焱，卻意外的露出一股若有似無的敬畏，他明顯的微微欠了身，向後退了一步。

「我們並沒有惡意，只是希望給予協助。」他遞出一張名片，「有需要的話請儘管來找我們。」

賀濡焱微蹙起眉望著全書海送上前的名片，那是一家餐廳的名片，他並沒有接過，只是打量著眼前一雙男女。

「有話說清楚，你們知道些什麼？」惜風直接伸出了左手，「我——」

電光石火間，賀濡焱壓下了她即將示人的左掌心，箭步上前擋在她與韓國留學生之間，並且順勢將她往後推去！

惜風發出細叫聲，在走廊上踉蹌著，得扶著牆才能穩住身子。

「你們知道她遇上了什麼？」賀濡焱問著他們，「知道崔承秀這個名字？」

全書海沒有回答，他們往後退著，不遠處的電梯叮聲響起，表示有人到了這層樓；經過他們的身後，賀濡焱也注意到郭佳欣的房門底下有影子，有人在偷聽。

全書海仍舊看似恭敬的以雙手遞著名片，在有人彎進走廊前一秒，賀濡焱啪的抽過那張名片，迅速收進口袋中。

那兩人再頷首，旋身往電梯的方向走去，與旅館服務人員錯身而過。

賀濡焱上前，解釋房間的燈不會亮，要求更換房間，服務人員進去測試，卻踩到了玻璃碎片，很是狐疑。

這事情又折騰了一小時左右，領隊前來用英語溝通，飯店認為燈泡是被蓄意弄破，但是他們無法解釋嵌燈的破壞：賀濡焱當然解釋成一進去就已經被破壞了，根本不關他們的事。

搞到飯店經理出現也沒有結果，團員們都在走廊上看熱鬧，郭佳欣也湊一腳，蘇子琳則遠遠的望著惜風。

最後，惜風他們換到了別的樓層，擁有一間二十坪的總統級套房，而且完全不另加價。

「你到底跟經理說了什麼？」惜風站在吧檯邊，有點不可思議。

「我跟他說燈是鬼弄壞的，我可以幫他解決那一層樓大部分的鬼。」賀濡焱走進吧檯裡，逕自拿酒下來調配。「要喝一杯嗎？」

「喝酒會導致行動遲緩。」

「我跟妳保證今天晚上不會有問題。」賀濡焱笑了起來，拿過兩只高腳杯，打算為惜風調上一杯。

「你這樣講，經埋就信了？」惜風挑了眉，不可置信。

「表示這裡真的有……」賀濡焱話說到這兒，環顧四周。「這裡也真的有。」

等他喝完這杯，再把該趕的趕出去好了。

惜風坐上吧檯前的高腳椅，滿肚子不舒爽，看著賀濡焱輕鬆的姿態，她反而火氣越來越大。

「你剛剛推開我，跟那兩個留學生說了什麼？」她瞪著送上眼前的杯子，沒有笑容。

「妳剛剛差點犯了最愚蠢的錯誤——」他閒散的啜飲了一口，「難道妳想把左掌心給他們看嗎？」

「他們一定知道！」惜風咬了咬唇，「如果我張開陰陽眼的話，說不定還能看見崔承秀在他們身後！」

「是敵是友都不知道，怎麼可以把關鍵示人？」他打開一旁的冰箱，拿出巧克力跟花生準備下酒。「就算他們懷疑妳有什麼，也不能讓他們先知道底牌。」

「我不喜歡有東西附在我體內！」讓惜風心浮氣躁的是這點。

「我以為妳該習慣了？」他拆開巧克力，說得令人火大。

「至少祂不會搞附身！」她發怒的跳下椅子，拖過自己的行李往房間走去。

賀濡焱只是輕笑，很有意思的女人，他跟死神的女人同房，不知道被發現後會不會被大卸八塊？

他只是輕笑，死又何懼？如果死之後可以再次見到「她」，或許死亡是個不錯的選擇。

但是誰都知道，那是不可能的事，即使粉身碎骨，也不可能再見到「她」。

賀濡焱開始在房間角落簡單的祛邪，他可不喜歡自己住的房間有些五四三，然後再在門邊寫了幾道符咒，至少別讓路過的傢伙鑽進來擾人。

一切打理完畢，賀濂焱滿意的回到自己房間，接下來，就該跟惜風談談了。

他拿出幾份資料，走到她的房門口，輕輕叩了幾聲。「別生氣了，我又沒說錯。」

房裡傳來腳步聲，門跟著被打開。

惜風已經換上輕便的睡衣，沒好臉色的瞪著他。

「有事談談。」他頭往客廳撇去，「到客廳坐？」

惜風點了點頭，她只是不喜歡賀濂焱老拿死神的事來說，她又不是自願跟死神在一起的！那種硬被跟著的感覺一點都不好，祂已經毀了她的人生，她厭惡不請自來的傢伙。

「我讓人調查了你們學校韓國留學生的資料，這幾個就是跟妳身上有關的。」賀濂焱拿出兩張學生資料，「這個人在上星期被送回韓國，應該就是在走廊上暈倒那位吧？」

惜風詫異的拿過兩張Ａ４紙，果然是暈倒的男生跟撞到她的女生！正是金兆成與崔承秀！

「你怎麼調查的？」她瞥向另一疊，「這該不會都是剛剛那群人的資料吧？」

「拜託一下，我是萬應宮的宮主。」賀濂焱用完全沒說服力的語氣說著，「要調查這種事根本輕而易舉！」

惜風眨了眨眼，她不是不知道賀濡燚的身分，只是這個男生怎麼看都只大她一點點，有時總是難以接受他是個有地位的人。

但眼底的滄桑與內斂卻看得出來，他是個受過創傷的人。

「好，我失敬了。」惜風勾起一抹笑，「我看剛剛那兩位也知道你對吧？」

「嗯哼。」賀濡燚淡淡的哼了聲，「如果他們知道我，那就表示大家都是同道中人。」

「同道中人？」哎呀，惜風愣了愣，「該不會也是什麼廟宇的……」

「他們是巫系。」賀濡燚將紙張一張張攤開在桌子上。

為首的是金兆成，那個暈倒的男孩，一個星期前休學，抱病回韓國，是韓聯社的社長；接下來是那個喜歡對她笑的捲髮男生，副社長金在旭，還有公關尹敏兒及文書全書海，另外還有一疊資料，在校韓籍生總共十個人，她翻了又翻，赫然發現一件事。

「沒有崔承秀的名字？」惜風仔細再翻找了一次，「她不是韓聯社的？」

「沒錯，她是唯一沒入社的韓籍生。」賀濡燚另外抽出了她的資料，「但是，他們都是被同一個單位送進你們學校的。」

「嗯？」惜風皺起眉，「什麼叫同一個單位？我念的可是第一學府，不競爭就能任意入學？」

「這些韓籍生沒有一個是經過正式考試進入你們學校的，全部都是透過特別關係！不管是金兆成還是崔承秀都一樣。」賀濴焱笑得很詭異，「更別說他們根本就像個組織一樣，有上下關係。」

惜風對這樣的結論很訝異，畢竟大家都只是學生。「那崔承秀呢？她跟他們不一樣？」

「嗯，我無法得知為什麼，但她是個沒有加入韓聯社的留學生，表示她不是他們組織的一分子。」

「什麼組織？你剛說的巫系？」

「嗯，金兆成的背景是巫師家族，已經傳承好幾百年了，在傳統的韓國世界中仍有重要地位，他們隱藏得很好，若非我是萬應宮的人，只怕也很難查到用現代化企業包裝的巫師家族。」

從第一眼看見惜風的左手掌時，他就直覺這是巫術或妖術，回頭下令調查韓國相關的同行資訊，果然很快的找到這隱藏多年的秘族。

「韓國竟然叫巫師？」

「他們幾乎都是外來文化，可以算是相當多元，巫師也是一種傳統的職業，其實世

界各國早期都有巫師，我也是，只不過是名稱的變換跟轉型罷了。」賀濡焱冷笑一抹，

「都是使用術法，名稱換個包裝，去掉巫字就行了。」

可惜，巫師聽起來還是差了死神一大截！惜風有點感嘆的想著。

「所以你查到這些的結論是什麼？」

「崔承秀最先入學，然後其他人陸續進來，我暫且推斷崔承秀是個重要的人物。」

賀濡焱揚了揚手上崔承秀的資料，「她也來自一個不得了的家族。」

「哦？」惜風挑了眉，這些她不感興趣。「我只知道她已經死了。」

「那可不一定。」賀濡焱神秘的揚起嘴角，「說不定她有九條命呢！」

「說什麼亂七八糟！」惜風沒好氣的端起調酒來喝了一小口，「我不可能看錯的，她出現死相後的二十四小時內，一定會死。」

「是啊，死一次。」賀濡焱若有所思的望著手裡的資料，崔承秀有張嬌豔的臉龐。

「你到底在說什麼？」

賀濡焱轉過來望著她，身為死神的女人，又看得見魍魎鬼魅，這個女人的常識真的少得誇張。

「妳，聽過九尾狐嗎？」

「九尾……狐？」惜風蹙眉，沒有聽過，只聽過九命怪貓。

「嗯，在中國通常是說狐狸精或是狐妖，過了海，到日本跟朝鮮就成了九尾狐。」他簡單的講述九尾狐，「顧名思義是一隻狐狸有九條尾巴，傳說中她美豔非常，能吸引男人，以肝臟為食，九條尾巴代表九條命，但也有人說她有一千條命，還有說原本只有一條，待修煉到九條後，就能成妖。」

惜風深吸了一口氣，「你剛說了一堆特徵，到底哪個才是九尾狐？」

「不知道。」賀濡焱自己都笑了出來，「這是很妙的妖怪，沒有制式的模樣跟能力，傳說也非常多，在日本跟朝鮮都相當有名。至少我們知道牠是個女的，而且是有九條尾巴的狐狸。」

惜風咬了咬唇，腦子裡一閃而過的是校園裡瞧見的白色尾巴——那是狗的尾巴嗎？難不成是……狐狸？

不，狐狸有這麼大的尾巴嗎？在校園裡萬一真的出現狐狸，應該也很驚人吧？不可能沒人發現！

「所以，這件事跟九尾狐有什麼關係？」

「金兆成的巫系家族以獵殺九尾狐為職，是赫赫有名的獵狐族，在數百年前就以斬殺過九尾狐而聞名。」賀濔焱彈了手中的紙張一下，「而崔承秀的家族，就是狐族，傳說中出現過九尾狐的轉世，正是被金兆成家族除掉的那隻。」

喝！惜風這下懂了！一個是獵殺者，一個是被追殺者，金兆成跟崔承秀之間是獵物與獵人的關係！

「所以崔承秀在獵狐族的監視下到台灣念書，獵狐族也就一起過來？」

「這我們只能推測。」賀濔焱挑了挑眉，「畢竟這是科學時代，他們還存在著這種傳說嗎？我抱持著懷疑。」

「你呢？如果你的家族如此，你會相信還有九尾狐，並且時時刻刻監視嗎？」

面對惜風的問題，賀濔焱沉默了，他沉思般的設身處地思考，最終挑起一抹笑。

「我會。」他失笑出聲，「然後在痛過之後學習到，不是什麼都得按照長輩所說的去做。」

惜風聽懂了他話中的弦外之音。

她引起了他心底的痛嗎？惜風暗暗為賀濔焱感到難過，她明知他心裡有無法抹去的傷痛，但不知道如此輕易被撩撥。

「對不起。」她伸出手，緊緊的握住他的大手。

「沒關係！」他劃上一抹苦笑，「我們言歸正傳吧！假設真的有九尾狐的傳說，那說不定……說不定崔承秀在跟妳接觸時，對妳下了咒術，或是移轉了什麼在妳身上。」

惜風皺起眉，伸出手望著自己的左手。「她轉了什麼？靈魂？還是能力？」

「一個完整的靈魂，至少她會說話。」他們都聽見了，「只是我們還不知道她移轉給妳的用意何在，以及為什麼！」

「這就是我們要來找尋的不是嗎？」無論是什麼，她都希望那東西快點離開她體內。「九尾狐，現在還有這種思想，總讓我有點不舒服。當年真的有九尾狐這個妖怪嗎？」

「這就說不準了，古時科學不發達，迷信是人類生活的一部分，相對的傳說也可以拿來當作政治鬥爭。說不定崔承秀的家族只是礙到金兆成的家族罷了，安個九尾狐的罪名，就能夠誅殺他們。」人類不管到哪個世紀，都是黑暗的。

「所以，崔承秀該不會是……」惜風很難不聯想，「金兆成他們殺的？」

因為懷疑她是九尾狐轉世，所謂的妖孽，以此為名就可以任意殘殺一條無辜的生命，不管他們是以什麼為依憑，總之崔承秀只有一個人，金兆成有的卻是一整個組織。

「咦！」惜風忽地直起身子，「我想起來了，我有跟你提過怎麼跟崔承秀撞上的嗎？」

「記得，妳遠離人群的時候，擔心別人說妳跟暈倒的金兆成有關係。」

「金兆成暈倒時，身上有很重的邪氣。」她怎麼現在才想到，「那不是鬼……我那天畫了眼線所以看不到，我是感受到的，要說是陰氣，又不太一樣，不如說是——妖氣？」

賀瀮焱也立即正了身子，「妖？難道真的有九尾狐？」

「我不確定，可是我確定不是鬼魅之氣！」她不常見妖啊！

「說不定獵狐族是這樣想的：金兆成是下一任繼承者，卻遭受九尾狐的迫害，所以他們決定先下手為強——對付崔承秀。」

「我撞見她時，她已經出現死相了，是被腐蝕過的樣子，像是毀屍！」惜風忍不住絞著衣角，「真的會有這麼亂來的事嗎？可以為這種無稽之談任意殺死無辜的女……」

惜風話說到一半，哽住了。

她跪坐在沙發上，緊皺著眉心，越過賀瀮焱往他身後望去，那眼神裡映著恐懼與驚駭。

啪！啪！啪！

賀瀮焱身後的玻璃窗，傳來手掌拍擊的聲音。

他當然知道惜風的表情，於是他緩緩回首，客廳裡有兩扇大窗戶，外頭爬滿了無助、瘦弱的女人們，她們有的形銷骨立，有的腐爛噁心，有的宛如木乃伊般，不停的拍打著玻璃窗。

而且不只客廳的窗子有聲音，連房裡也傳來了相同的拍擊聲！

每個女鬼都眼窩凹陷，張大了嘴，淚水或是泥水從眼窩裡不停的溢流而出，像是在哭吼著。

啪啪啪！啪啪！啪啪啪！拍擊玻璃窗的聲音急促而激動，但是玻璃並沒有受到損害，她們只是在吶喊、在發洩，說著他們不懂的語言！

惜風望著那群哭號中的女鬼，眼淚曾幾何時也滾了出來。

「惜風？」賀濂焱留意到了，她的眼神裡載滿太多悲傷。

「我……我不是九尾狐……」她簡直與外頭的女鬼四目相交，「就算是……我也有活下去的權利……」

她昂起頭望著賀濂焱，淚流不止的哽咽著，她不知道該怎麼控制自己的情緒，但她感受到悲傷與吶喊，她聽得見她們的聲音！

「夠了！滾開！」賀濂焱對著窗外的女鬼們喊著，「我們無能為力！」

他說著，趕緊將窗簾拉上。

一扇又一扇，他忙碌的把整間總統套房裡的簾子拉上，卻杜絕不了敲擊玻璃窗的呼喚聲。

他走回客廳，擔憂的望著惜風，她如果聽得懂那些女鬼說的話，能感受到她們的情緒，就表示潛伏在她體內的東西，是屬於這片土地的——鬼？妖？還是九尾狐？

「就算我是九尾狐，我也有活下去的資格！」惜風忽然歇斯底里般的叫著，載著淚水的眼忿恨的望著賀濡焱。

他望著惜風，或是望著她體內的不知名生物，選擇微瞇起雙眼，斂了神色。

「妖，怎麼可能有活下去的資格。」

第四章．跟蹤

天矇矇亮時，已經六點多了，冬季的天色暗得快卻亮得慢，賀濎焱靠在牆邊，望著外頭漸白的雲層，徹夜未眠。

窗外已經沒有任何一隻女鬼的蹤跡，但那不代表她們消失，只是潛伏起來罷了！

窗邊的菸灰缸裡有數根菸蒂，桌上有客房服務的餐點，他又打電話叫了早餐，然後準備前往惜風的房間，叫她起床。

徐步走進她房裡，不需要敲門，因為惜風被「綑」在床上。

她側躺在床上沉睡著，身上被以符文寫成的繩索五花大綁的綑著，另一端還跟床綁在一起；床的周圍有一圈水，那是專屬於他的結界，比昨晚那個隨便搭的強韌多了。

賀濎焱走到床邊，惜風闔著雙眼，看起來睡得很舒適，昨晚綑綁她實屬情非得已。

她的心靈被控制，不但聽見那些鬼哭神號，甚至感同身受，一度要開窗讓那群孤魂野鬼進屋；尤其當他斬釘截鐵的說出妖沒有存活的資格後，她歇斯底里的跳上沙發，意圖對他動粗。

所以他就將手裡的酒潑向惜風，他能用水做任何事情，在這小房間中對付一個人類，不需要得到這片土地的神明允許，直接鎮壓。

望著眼前沉靜的女生，他心底總有股憐惜。長長的睫毛如同振翅般顫動，惜風終於睜眼，意識不清的緩緩眨動，她很想伸個懶腰，卻意外發現自己動彈不得！

「咦？」她掙扎著身子，呈現出轉醒的慌張。

「沒事，先別亂動。」他蹲下身子，好讓惜風能瞧見他。「妳現在感覺如何？」

「我被綁著！」她不解的皺起眉，「這感覺會好嗎？」

「沒辦法，妳身體裡的靈魂能控制妳的意識，我得留意些。」他說得很平淡，彷彿無視於她的痛苦。

「我……」惜風張口欲言，卻發現自己對賀濔焱所說的事情一片空白。「先放開我！」

「妳記得窗外的女鬼們嗎？」賀濔焱卻無動於衷，「妳對那些女鬼有什麼看法？」

「一定要現在討論這個嗎？窗外的女鬼——」惜風使勁掙扎著，她不懂為什麼賀濔焱能用這麼冷漠的眼神望著她，彷彿她不是個人，是隻妖鬼似的！

現在跟她提窗外的女鬼……惜風用力閉起雙眼，腦子裡閃過窗子外那些哭泣的女鬼——她想起來了，有一大群女鬼包圍住總統套房所有的窗戶，她們放聲大哭、拚命敲打玻璃窗，為的不是侵入，而是哭訴。

而她的心跟著悲泣，除了悲傷外，還多了一絲忿恨與對人世間的無奈！

「我現在沒事了，賀潁焱。」惜風重新睜眼，冷靜異常。「請你鬆開我。」

「妳知道對我而言，妳現在就是顆不定時炸彈。」賀潁焱側著頭，很無奈的嘆了口氣。

但他終究還是起身，解開束縛在惜風身上的咒索。

惜風坐起身，手上、身上都是綁縛的痕跡，固定一個姿勢讓她睡得痠痛，手腕上的紅痕更是讓她感到不舒服，她怨懟般瞪著從容收繩的賀潁焱，有必要這麼對她嗎？

「我體內的靈魂在控制我對吧？」她斜眼看著他，「萬一她作祟，你打算怎麼辦？」

賀潁焱沒有猶豫的瞥了她一眼，「燒了妳。」

「不後悔？」惜風挑起質疑的笑容，「你忍心再做一次嗎？」

「不後悔，因為後悔也來不及。」他說得理所當然，「只要是妖、魔、鬼，犯了戒全都殺無赦——妳知道，心軟是自己最大的敵人。」

他們四目相交，賀潁焱給予肯定且冰冷的眼神，似乎已經做好隨時燒掉惜風的準備；而惜風卻不認為賀瀶焱在關鍵時刻會真的痛下殺手，因為多年前他曾經做過一次，那一次讓他生不如死。

親手燒死自己喜歡的人，那是什麼樣的感覺呢？他能再承受一次舊景重演嗎？

不過，也有人是經過痛苦之後變得更加堅決，她得自保。

「我沒有被控制，只是被感染情緒。」她試著伸展四肢，真的超僵硬的！「有沒有被附身操控，我自己很清楚。」

賀瀶焱只是嗯了聲，逕自往外走。「早餐快送到了，梳洗一下吧。」

「你別隨便把我殺掉，這是為你好。」惜風吃力的站了起來，「你該知道我死不了。」

「知道。」他回眸挑起笑意，「妳是死神的女人！」

惜風扭扭手腕，無奈的笑了。

賀瀶焱拉過她的手腕，輕輕搓揉上頭的繩紋，冷不防的套上一條佛珠。

「咦？」

「護身用的，當妳認真想要防禦時，佛珠會保護妳。」賀瀶焱凝視著她，「我是說：認真需要守護時。」

「別說得像是我老是想尋死似的。」她是非自願的好嗎？

門外傳來電鈴聲，看來是客房服務到了，賀濡焱率先步出，順手將惜風的房門關上，她則努力做伸展操，好讓自己的四肢變得柔軟。

隨後，她發現梳妝台上還擺了她的鑰匙，賀濡焱在上頭套了一支迷你手電筒，真是個可靠的傢伙！

深吸了一口氣，她下意識的按壓心口，昨夜那種忿恨與悲傷還烙在她的情緒裡，外面那些哭喊的女人們根本不想死，她們的生存意念如此強烈，懷抱著不甘與無辜。

踅步走進浴室中，她不由得看向自己的左掌心。

「妳到底是誰？為什麼要這麼對我？」她像是自言自語，但她知道，掌心裡的另一個人聽得見。

「哇！好大喔！」

「天哪！為什麼你們可以換到總統套房來！」

咦？門外傳來熟悉的聲音，惜風忍不住瞪向門口，是郭佳欣她們？怎麼跑過來了？

「惜風呢？還沒起來嗎？」聽著腳步聲往這邊來，惜風緊張的趕緊上前鎖門！

真好笑，真跟賀濡焱住在這間房裡，她還不會想鎖門，但是遇上同學，她卻緊張得非鎖不可！

「別吵她。」賀瀟焱制止的聲音傳來，「妳們來幹什麼？」

惜風鬆了口氣，有賀瀟焱在她的確不必操心，不過現在她已經不屬於安全範圍了，只要體內的東西作怪，她隨時可能會被賀瀟焱幹掉。

嘆了口氣，她決定先梳洗，也希望在出去吃早餐前，兩位同學能夠撤離。

不過事與願違，惜風走出客廳時，看見的是坐在吧檯吃早餐的蘇子琳，還有躺在客廳跟大爺一樣的郭佳欣，而賀瀟焱竟然抱著早餐躲回自己房間裡了。

「早安！惜風！」郭佳欣超陽光的，「東大門就在附近耶！」

「唉。」她不耐煩的嘆氣，「妳們還在？」

這口氣讓兩個女生尷尬極了，郭佳欣趕緊站起來，感覺自己像不速之客；蘇子琳緊抿著唇，手裡的蛋糕也嚥不下去，擱上了盤子。

「妳對人的態度一定要這麼差嗎？」蘇子琳像是忍無可忍，「妳對我有意見就算了，佳欣是妳的同學，妳一點人情世故都不懂嗎？」

「人情世故對我來說是沒用的東西。」惜風絲毫不以為意，「我有事要做，沒時間陪妳們觀光或是逛街，在出發前就已經說明白的事情，為什麼要明知故犯？」

這下子氣氛更加凝結，郭佳欣扯扯蘇子琳的衣袖，低聲說著：「我們快走吧。」

「佳欣只是好意而已，她知道妳一定沒有計畫、也沒做功課，所以好心要邀妳一起去玩，妳不想去的話，說話態度可以好一點吧？」蘇子琳越說越火大，「一點做人的基本道理跟態度都不懂，妳以前不是這樣子的！」

惜風擰著眉，她就是不喜歡面對這樣的事情。

命跟人情世故比起來，哪個比較重要？跟她接近都會有生命危險，尤其現在是在國外，她已經被扯進一件不可思議的事件當中，同學們離她越遠越好，這是為了保住她們的命！

「人生很短，我不喜歡委屈自己的情緒或個性，也不希望人生在委曲求全中度過。」她逕自走向餐車，說得振振有詞。「妳們知道自己什麼時候會死嗎？如果妳死前吞忍了一件事情，會甘願嗎？」

「這是活在這個社會必須要適應的，人是團體動物，群體生活。」蘇子琳跳下吧檯高椅，繼續與惜風抗辯！

「人有自由意志，我選擇個體生活，還有活著的一切自由。」惜風凝視著蘇子琳，「人生該要為自己而活。」

「妳……妳怎麼聽不懂啊！」蘇子琳氣急敗壞的趨前，「妳到底發生了什麼事？為什麼變成這樣？」

就是因為她過去沒有這樣，才害得蘇子琳被毀容啊！

「妳們吃飽就可以走了，我並沒有任何跟妳們一起行動的打算。」她冷冷撂下一句話，端著自己的早餐找個位置坐定。

「好了啦！子琳！」郭佳欣趕緊打圓場，她沒看過惜風這樣說話，但是她的言語雖像針一般扎人，卻也有幾分道理。

人永遠不知道自己什麼時候會死，如果今天她就死掉的話，一定會有一堆後悔沒做的事……例如……

「惜風，妳討厭我嗎？」郭佳欣突然間開口了。

惜風淡淡的掃了她一眼，「不喜歡也不討厭。」這是實話，郭佳欣就只是同學。

「那就好！」她鬆一口氣，「我以為妳是討厭我才對我這麼兇。」

「不是，我只是因為有重要的事要處理，不能讓妳們來搗亂。」她很認真的看著郭佳欣，「事情跟妳們都沒關係，好好去玩吧！」

郭佳欣揚起笑容，幸好她問了！否則萬一等會兒她就這樣死了，卻抱著滿腹的委屈，那多冤哪！

她拉了拉蘇子琳的衣服，想趕緊離開，但是蘇子琳卻不願意移動步伐，甚至就著最近的沙發坐下。

「妳要去哪裡？這麼神秘？」她盯著惜風問，「妳一定打算做什麼，太詭異了！」

「子琳！」郭佳欣有點無言，為什麼蘇子琳會突然這麼堅持啦！

「妳不要管，這是我跟她之間的事！」蘇子琳甩開郭佳欣的手，「妳昨天對我說的話太過分了，我事後回想，覺得妳是故意的！」

惜風深吸一口氣，那間房裡的人怎麼不趕快出來趕人呢？

「請妳出去。」惜風嚴厲的看著蘇子琳。

「我偏不要！」蘇子琳高傲的昂起頭。

氣氛幾乎是一觸即發，惜風緊皺起眉頭，決意放下蛋糕，打電話到樓下去請警衛來處理擅闖者。

結果對面房門一開，走出吃飽的賀濡焱，他疑惑的望著客廳火爆的氣氛，滿腹的不明白。

「她下逐客令了，做人不必做到這麼不要臉吧？」他輕蔑的望著蘇子琳，總覺得這位同學未免太過堅持。「快滾，別逼我們叫警察。」

「子琳！」郭佳欣慌張的拉著她起身，這氣氛已經僵成這樣了，她到底在拗什麼？但是同學間搞成這樣，郭佳欣心裡也不明白啊！怎麼弄得像有深仇大恨似的！

蘇子琳不甘願的站起來，幾乎是怒氣沖沖的奪門而出，待門一關上，惜風才鬆了口氣。

「妳說話可以考慮再婉轉一點，例如編個藉口也好！」賀濡焱又倒了杯牛奶。

「你沒資格說我。」連不要臉三個字都說得出來，還敢說她！「我不喜歡為自己做的事編藉口，沒有必要！」

「OK！快點吃吧！」這點他們絕對是有志一同，所以賀濡焱劃上會心笑容。

今天的目的地是崔承秀的家，如果事情跟九尾狐有關，那就得直搗黃龍，一探這傳說中九尾狐的家族。

崔承秀住在風光明媚的南怡島上，這是個孤島，過去總以捕魚為業，人口稀少，但風景如畫，四季有著不一樣的風光，因為一部《冬季戀歌》而成了觀光聖地！

現在觀光人潮眾多，觀光船往往返返，生意絡繹不絕，還有許多人坐船到這島上賣東西為生。

崔承秀就住在這島上，而且是歷史悠久的家族，金兆成也是，但是獵狐族屬於「光明勢力」，家系有一半以上都已經移居到首都，主要從事各種政經產業。

而昨夜尹敏兒給的餐館名片，就在島上。

用過早餐後，惜風跟賀濔焱離開了旅館，由於就在東大門附近，他們經過東大門時也看見一些特別的攤販，賀濔焱忍不住買了一支大熱狗，雖然才剛吃過早餐，但那支熱狗實在太吸引人了。

裡面包的是熱狗沒錯，但外頭可不是麵衣啊！而是根根薯條和著麵衣，沾在熱狗外頭一塊兒油炸，炸起來的熱狗活像刺蝟熱狗，咬一口可以同時吃到薯條跟熱狗。

「你剛才吃過一堆早餐。」惜風望著他手上的大熱狗咕噥。

「別五十步笑百步。」賀濔焱咬下一口熱呼呼的熱狗，果然是外酥內軟！

惜風咬了咬唇，她手中拿著紅通通的辣炒年糕，話說來到韓國怎麼能不買點道地的年糕呢？都怪天氣太冷了，讓她直想吃熱呼呼的東西。

賀濔焱出錢叫了計程車，上車前還在路邊攤買了一大盒草莓，每一顆都有手掌大。

上車後用英語溝通半天，最後賀濔焱索性把圖片直接拿給司機看，終於得到「哦」的一聲，他們才啟程前往南怡島。

兩個人在車上沒什麼交談，只是交換吃著食物，賀濔焱遞過半根熱狗打趣的問她要不要吃，惜風連猶豫也無的接過來，順道遞上那一袋超好吃的辣炒年糕。

年糕口感既Q又紮實，泡菜味十足，路邊攤賣的都比台灣餐館裡來得好吃太多了！兩個人接過彼此的食物時都曾有數秒的猶豫，但還是不在乎的吞咬入腹。

「Lover！」司機說了句英文，從後照鏡眉開眼笑的望著他們。

賀灤燚往惜風瞟了一眼，她滿不在乎的咬下熱狗，有意無意的也回看了他。

但是他們誰也沒回答，只是把手上的東西吃完，然後準備等會兒有水的話，將草莓洗一洗，大快朵頤。

畢竟每顆草莓都又紅又大，而且價格非常非常的便宜，縱使有要務在身，也不想錯過美食。

花了近兩小時搭車，終於來到前往南怡島的渡船口，到南怡島勢必要搭船，因此觀光客非常多，即使船一艘接一艘的開，還是得排隊才行。惜風找了處地方避風，順便洗草莓，賀灤燚則負責去買船票。

光站在這端就能望見南怡島，四周風光明媚，若不是被詛咒纏身，她應該能好好的欣賞美景才是。

『殺了他……』

一陣鬼魅般的聲音忽地傳進耳裡，惜風頓時覺得背脊一陣涼意，不得不坐直了身子。

她皺起眉，這鬼哪裡不選，一定要選擇坐在她旁邊嗎？

她眼珠子往旁邊瞟著，隔壁坐了一隻濕漉漉的鬼，身子腐爛如泥，傳來陣陣惡臭，破敗的衣服裹著所剩無幾的肌膚與枯骨，吃力緩慢的指著某個方向。

『殺掉……』

惜風站了起身，她不想跟鬼魅有太多接觸！

結果，右手一陣冰冷，那鬼竟然握住了她的手！

『我說，殺了他！』女鬼緊掐住她，用帶著憤怒的口吻說：『幫我殺了他！惜風！』

咦！惜風驚訝的回首，她這才驚覺到，這個女鬼說的是國語！

坐在木椅上的女鬼只剩下薄薄的腐肉裹骨，已成窟窿的雙眼望著她，裡頭沒有眼球，長髮稀疏的黏在僅存的頭皮上，眼窩、嘴裡都是泥沙，這是水屍，但她知道女鬼是看著她的！

「滾開。」

猛然一隻大腳從女鬼身後用力一踹，那女鬼跟著狼狽的往前一仆，在摔倒在地前消失無蹤。

「搞什麼！」賀潔焱一隻腳還舉著咧，皺著眉望向惜風。「妳認識？」

她搖了搖頭，突然覺得那個女鬼有點可憐。「你不能溫柔點嗎？」

「啊？要我客氣的請她離開嗎？」他挑了挑眉，「還是妳還沒跟她聊完？」

「那鬼說的是國語。」她沒好氣的說著，「而且還叫我的名字。」

「這沒什麼，如果剛剛一路跟著我們，只要我有叫妳的名字，她就可以吸收資訊了。」賀潔焱倒是不以為然，「一路跟著我們的東西不少，沒事別回應。」

惜風舉起右手腕，上頭還有被抓握的痕跡。「是她抓住我不放。」

賀潔焱瞬間正色，上前拉過她的手腕，那孤魂野鬼能碰得到惜風？他認真打量了惜風一圈，剛剛那女鬼並不是道行高深的厲鬼，怎麼可能進行直接碰觸？除非，是惜風接納了她。

「妳的體質在轉陰。」他下了結論，「左手的印記讓妳成了人鬼都能觸碰的體質。」

「……」惜風扁了扁嘴，「這是好消息嗎？」

「我們得速戰速決，要不然不知道妳會變成什麼樣……」賀潔焱環顧四周，「好了，我現在有一個好消息跟一個壞消息，要先聽哪個？」

惜風沒理她，吃了一顆草莓，噯，真甜真好吃，但就是沒草莓香！

「壞消息是我在排隊的隊伍中看見妳同學，我不知道她們是剛好也要去，還是跟著我們。」賀濡焱邊說，他身後突然出現兩個人。「好消息是，我們不需要排隊也不必買船票，有人要送我們過去。」

惜風瞪大雙眼，站在賀濡焱身後的是昨天晚上的尹敏兒跟全書海！

「你們……」她詫異的望著眼前三個人，「這算兩個壞消息吧？」

「我們在人家地頭上，難得人家釋出善意！」賀濡焱下一句要說的是反抗也無效。

惜風默默的咬了咬唇，知道敵眾我寡，只好跟著尹敏兒往外走去，在岸邊站著的還有別人，是其他的留學生，以及——郭佳欣她們。

惜風覺得頭痛，轉過去瞥了尹敏兒一眼。「她們跟這件事沒關係。」

「妳們都是同學，不是約著一起來的嗎？」尹敏兒看來是把郭佳欣她們也歸為一夥了。

「感情沒那麼好，讓她們離開。」惜風嚴聲厲語的說著，「有事找我，她們什麼都不知道。」

「是嗎？」尹敏兒回眸對著她笑，並不打算放人。

而郭佳欣卻一臉興奮的朝她招手，彷彿得到特權般的喜上眉梢。

「話說在前頭，我不顧她們。」賀濔焱扔下一句話，惜風也只能嘆氣。

她根本沒辦法顧她們！真要出事，她什麼都不會啊！

「惜風！妳果然認識他們喔！」郭佳欣在船上又叫又跳的，「我剛看見尹敏兒就叫她了，想不到大家這麼有緣呢！」

是啊，是啊，她還主動引人注意啊！是不是應該跟郭佳欣她們講一下實際情況呢？

一行人都上了船，船緩緩駛離岸邊，這船上架了個高台，通常是讓遊客站上去欣賞優美風光用，鐵製樓梯相當陡峭，得扶著扶把才好上下；至於不敢登高的人，就乖乖在甲板或是船艙裡稍坐即可，船程非常短。

自船上看過去的湖光山色美得讓人讚嘆，宛如置身油畫當中，惜風跟賀濔焱走上船的高處遠望著明媚景色，全書海他們並沒有設下太多限制，只是讓同樣是僑生的卜元英站在他們附近，像是監視也可能監聽。

問題是郭佳欣根本沒想其他，還跟卜元英聊得很愉快，連蘇子琳也跟尹敏兒攀談。

「真希望她們可以永遠這麼樂天。」賀濔焱懶洋洋的望著她們，搞不清楚狀況的人還真可怕。

「我不想把她們兩個捲進來的。」惜風抱怨著，遞過了草莓。

「很多事不是妳能決定的。」他入口塞入，微瞇起眼。「欸，真好吃！」

「可是沒有草莓的香味！」簡單來說，蒙著眼睛吃，只怕吃不出是草莓呢！

「但還真不錯，又很便宜！」賀濡焱愉悅的攀著船緣，一顆接一顆的品嚐，沒把監視的人當一回事。

因為，現在這些人絕對不是最大的威脅。

他咬著草莓往船底望去，完全沒在留意迷人景色。

郭佳欣跟蘇子琳正拍照拍得不亦樂乎，惜風只顧搓著戴手套的雙手，這天真冷，她呼呼的吹著手，呼出來的氣化為白煙，與空氣融為一體——空氣？

惜風愕然抬首，赫然發現一股濃霧逼近，白色的霧體遮去了眼前所有的綠山美樹！尚在錯愕之際，賀濡焱大手一橫就把她推離船邊。「不要靠近船緣。」

「咦……怎麼了？」郭佳欣也仰頭望著天色，怎麼說變就變？

蘇子琳伸長了手，白霧從指縫中穿過，整艘船的人都陷入不解與錯愕中，但韓籍人士多了一份戒備感。

「天色變黑了。」蘇子琳仰頭望天，與其說是黑，不如說是一種黯淡的藕紫色，濃霧及變化的天色讓四周瞬間暗下，寒風狂作，怎麼看都不是正常狀況！

因為剛剛出發前的時刻，是日正當中啊！

砰噹！船身忽然一陣劇烈晃蕩，像是撞上礁石似的，引起船上一陣尖叫。

「蹲下！」賀濡焱的聲音傳來，郭佳欣立即拉著蘇子琳一塊兒伏低身子。

有個靠近船緣的男人，直接就翻出船外！

「啊——啊啊——」男人落水後，傳來可怕的淒厲叫聲。

那不是摔下去的驚恐，而是摔入水後，「遇上什麼」的驚恐。

因船身震盪而摔倒在地的惜風暗自慶幸，若不是剛剛賀濡焱先一步讓她遠離船緣，只怕現在摔下去的還多她一人。

也伏低身子的賀濡焱異常嚴肅，他要惜風繼續趴在地上別動，自己則緩慢的站起身，這霧濃到連五十公分內的卜元英他都快看不見了！他小心翼翼的一手攀住船緣，一手握住樓梯扶把，試圖往船下探視。

濃霧的確讓視線伸手不見五指，但卻無法遮去他的另一雙眼——水底有著成群的鬼魂，正意圖推翻這艘船！

「下去！立刻下去！」賀濡焱大聲喊著，拉過伏在地上的惜風，往陡峭的樓梯衝下去！

郭佳欣聞言也跟著往下走，而此時船再度激裂晃動，水聲轟然，突然間有東西倏地自河底竄出，船上韓語交錯，驚叫連連。

因為慌亂與鐵梯過度高聳，惜風絆到了腳往賀濎焱身上摔去，他們兩人雙雙跌落在下一層甲板上，卻剛好看見濃霧中出現的東西。

那是一條長長的白色尾巴，雪白多毛，一如惜風那日在校園內瞧見的一樣。

那尾巴倏地捲住卜元英的頸子，直直往船緣扯去。

不過她早已勾住就近的固定物，吃力的伸手想拿出口袋裡的東西，無奈頸子上的尾巴越纏越緊，她最後放棄了掙扎，整個人被拖出船身。

尹敏兒自另一頭的船艙衝了過來，看見倒臥在地上的惜風他們，二話不說立刻差人把他們拖進船艙裡！

此時此刻，尖笑聲在濃霧裡傳開。

『嘻嘻——嘻嘻——』

重重疊疊，那是無數人的尖笑音，跟著搖晃的船身外緣，開始有枯手攀住船緣，一隻隻惜風昨晚就瞧見過的女鬼，從船底爬上來了！

「這是在演神鬼奇航嗎？」惜風不可思議的嚷嚷起來，「她們想幹嘛？」尹敏兒大聲喊著，他們說著韓語讓人聽不懂，可是被拖進船艙裡的惜風他們卻看見一堆人拿著長刀跟弓箭奔到甲板上，然後有人穿戴著朝鮮傳統服飾，朗聲唸著經文！

惜風縮在賀瀶燚身邊，他大手緊緊摟著她，但是一雙眼卻往外頭瞧，韓國人拿刀砍著瘋狂的女鬼，他感受不到刀上有什麼特別的力量，這樣拿刀砍鬼有用嗎？

「哇呀！」郭佳欣連滾帶爬的爬進船艙裡，哭得淚流滿面！

身後的蘇子琳也是站都站不穩，踉踉蹌蹌的摔進來，正準備爬起身，突然有股力量將她向後拖去！

「哇——」她瞬間被往外拖，雖然及時攀住門，但整個人已經離開地板。

郭佳欣嚇得手足無措，趕緊回身扯住蘇子琳的手臂，直直往內拖，但扯住蘇子琳雙腳的東西力氣好大，她拉不動啊！

惜風立即起身衝到蘇子琳身邊，也使勁的拖著蘇子琳往裡走，她望向濃霧掩蓋之處，是一個猙獰的女鬼緊抓著蘇子琳的腳踝，很像是剛剛在木椅上的那一位。

但現在滿船都是水屍，爛得她無法分辨誰是誰。

「搞什麼東西！」賀瀶燚忍無可忍的站了起來，手掌往蘇子琳的腳邊一擊，那力道頓時放鬆，反作用力讓惜風跟郭佳欣都摔了個四腳朝天！

「賀濎焱？」惜風趕緊把蘇子琳往裡拽，不明所以的望著他。

「待在這裡別動，給我兩分鐘。」他扭扭頸子，動動筋骨。「照這群韓國人這樣搞，最後只會弄得全軍覆沒！」

他算是已經判定情況了！那個穿著傳統服飾的人絲毫沒有靈力，正在唸著無作用的經文，現在被女鬼拖下去了！而上船的女鬼個個懷恨在心，怨氣沖天，而且是有目標性的，並非任意傷人。

不過很遺憾，他現在在這艘船上，首要目的是上岸，他不想在這裡浪費時間。

才剛站出船艙，就有一個男人朝他撲了過來，賀濎焱及時扣住他，男人瞪大著雙眼，虛弱的倒在地上，在他身上留下一大灘鮮血。

低首探視，男子的胸口下方被刨開一個大窟窿，不遠處有隻匍匐的女鬼，手裡捧著滑溜溜的肝臟，正囫圇吞棗。

傳說中九尾狐是以男人肝臟維生，這群水裡女妖都是九尾狐嗎？狐狸會游泳？這倒是進化得很快。

環顧四周，全是泡水腐爛的女屍，她們狂亂的進攻人類的肝臟位置，貪婪的一口嚥下。

「選在水裡作怪，算是妳們失策了！」賀瀟焱挑起一抹笑，雙掌朝天，船底下的水霎時就竄升而上，衝向他的掌心！

在衝至之前，他畫了個漂亮的咒形，兩道水柱在船的上空交會，灑下如雨般的水珠。

「該回家了。」他忽然用力擊了個掌，尖叫聲立即此起彼落！

身上原本全是水的女鬼們痛苦的在地上掙扎，有人肝臟吞到一半還吐了出來，靈體正承受著劇烈的痛楚，逼得她們尖聲哀鳴，一個個翻身跳回水裡隱匿。

高處的濃霧裡有著強烈的妖氣，賀瀟焱倏而回身，看見的卻是隱隱約約的身影，藏在濃霧之中。

有幾條東西在霧裡晃動，撥動霧氣，而在這之前，是個人形的傢伙站在那兒。

賀瀟焱與之對望，對方卻選擇後退隱匿於霧中，很快的妖氣漸而淡去。

他這才拿出佛珠，圈出個淨化之地，濃霧霎時散去，恢復成豔陽高照的氣候。

而岸邊，眼看著就在前方。

惜風踏過一灘又一灘的紅血，這艘船上橫臥著傷者與死者，她望著腳邊的屍體，緊握住賀瀟焱的手，深深的吸了口氣。

「我聽見了。」她顫抖著唇，低聲的說著。

「聽見什麼？」

「復仇的時候……到了。」

第五章・狐族

港口早有批人正在等候，金在旭是其中一位，當全書海拖著滿臉是血的身子在船緣揮手求救時，氣氛立刻緊繃起來。

蘇子琳的一雙小腿上都有被指甲抓傷的痕跡，對方抓破了她的褲子跟褲襪，硬扯出十條血痕，她整個人哭得泣不成聲，恐懼到了極點。

「那是什麼？那些不是人吧！」蘇子琳緊揪著惜風大哭著，她沒有看見抓住她的人，但早見過躍上甲板那些伏低著的可怕女鬼！

「妳冷靜點！」話是這麼說，但要一個普通人冷靜下來很困難。

他們沒有人離開船艙，蘇子琳根本動彈不得，只顧著巴著惜風情緒失控的放聲大哭，郭佳欣半句話都說不出來，呆坐在一邊，無視於內外正在搬運的屍體。

賀濎焱檢視著她的腳，屍毒是小事，但是這每一道發黑的傷口都載滿了怨氣，可能得經過特殊處理才可以。

「怎麼樣？」惜風緊抱著蘇子琳，擔憂的問。

「要特別處理。」他很簡短的說著，「這有屍毒跟怨毒，沒那麼容易解決。」

「什麼……他說什麼！」蘇子琳語無倫次的問著。

「能解決的……子琳，妳能不能先站起來，我們應該要離開這艘船！」惜風溫和的說著，當情況發生時，她還是捨不下昔日好友。

屍體搬運得差不多了，傷者也都抬了下去，金在旭走進船艙裡，惜風跟賀濴焱立刻以戒備的態度望著他。

「謝謝你出手幫忙。」他恭恭敬敬的朝著賀濴焱行禮。

「那是你們太鳥了！逼得我不得不出手！」賀濴焱站了起來，沒好氣的望著他們。

「如果跟對方是宿敵，這樣鬥了幾百年，死傷還這麼慘重？」

「那是因為……妖孽的力量變得太強大了。」金在旭語重心長的說著，「他們壓制了我們的力量，開始造孽殺人！」

「你們的事我懶得管，這位小姐腳上被女鬼抓傷，需要特殊治療——等等，你們知道怎麼治吧？」賀濴焱已經對這個獵狐族抱持極大的懷疑。

「放心好了。」金在旭一彈指，身後的跟班立刻上前，試圖帶走蘇子琳跟郭佳欣。

「我不要！惜風！惜風！他們要幹嘛？」蘇子琳抵死不從，緊扣著惜風不放。

「子琳！他們要帶妳去治傷！妳的小腿被厲鬼所傷，一定要處理！」惜風也跟著幫忙把蘇子琳拉起身，「妳冷靜一點，到他們那邊養傷！」

「那妳要去哪裡？」蘇子琳慌亂的望著她。

「我有事要辦。」她咬著唇，忍痛甩開蘇子琳的手，好讓他人能將她帶走。

另一邊的郭佳欣則是有點茫然，像是驚嚇過度的沉默，賀濡焱也安排她到金在旭那邊去休息。

「惜風……」郭佳欣忽然幽幽的望著她，「妳早就知道會發生這樣的事嗎？」

她淚眼婆娑，恐懼刻在她心底。惜風緩緩點頭，她不為自己的作為找藉口。

「對不起，我們不是故意的！」郭佳欣終於痛哭失聲，「子琳鼓吹我跟蹤你們，看你們到底想幹嘛，我也想知道，所以就跟到這裡來了……」

「說再多都枉然，妳們還活著就好。」惜風微微一笑，「拜託別再跟著我了。」

郭佳欣埋首痛哭，頹然的跟著金在旭的人馬離開，下一組人馬也立刻上前，逼近惜風。

但是賀濡焱更快，將她一把拉到身邊，挑了挑眉。「做什麼？她是跟著我的。」

「不跟我們一起回去嗎？」金在旭客氣的說著，但是一雙眼卻盯著惜風不放。

「沒必要，我們還有事要辦。」趁著天還亮著，能做的事比較多。

惜風不自在的偎向賀濔焱，她討厭金在旭望著她的眼神，好像想將她生吞活剝似的，讓她全身起雞皮疙瘩。

賀濔焱也感受得出她的不安，大手緊攬著她，掠過金在旭身邊，試著逕自離開。

但是，金在旭卻出手扣住了惜風。

「什麼？」賀濔焱回首，不可思議的看著金在旭緊抓住惜風手臂的動作。「你在做什麼！」

「我必須請范同學跟我走一趟！」金在旭嚴正的說著，「我可以派人陪您處理事情！」

惜風倒抽一口氣，開始厭惡的掙扎，但是金在旭卻扣得死緊，逼得賀濔焱出手反扣住了他的手腕。

「我要你放手！」賀濔焱語帶威脅，「我是不會跟你客氣的。」

「很抱歉，我也不能放走她。」金在旭瞇起雙眼，「范惜風無論如何得跟我們走。」

「你知道你惹到的人是誰嗎？」惜風忽然厲聲的大吼起來！

這一吼，全場的人都肅靜下來。

「這就是我們想查明的。」負傷的尹敏兒上前一步，「妳——究竟是誰？」

咦？惜風愣了一下，她的意思是指——她是死神的女人，但這些同學好像不是這個意思？

「崔承秀跟妳說了什麼？」金在旭忽然也激動起來，「她給了妳什麼東西，還是交代了什麼？」

電光石火間，賀濔焱忽地加重手上的力道，金在旭跟著迸出哀號聲，所有人因此分神！而惜風明顯感到手臂力道一減，她飛快抽回手，賀濔焱則俐落旋過半身，一腳把金在旭踢得遠遠的！

眼下的人個個驚慌失措，飛奔到摔得淒慘落魄的金在旭身邊，而尹敏兒竟掏出槍，直指向賀濔焱的胸口。

「不要逼我！」她冷然的說著。

「這句話原文奉還。」賀濔焱冷笑一聲，尹敏兒尚在狐疑，卻看著手裡的槍緩緩融化，跟著腐蝕上她的手。

「哇呀呀——」她嚇得把槍甩掉，賀濔焱大方的摟著惜風離去，而她狐疑的回身看向尹敏兒，不解好端端的她在慘叫什麼！

「你……對她做了什麼？」

「不是我對她。」賀濔焱輕聲笑著，「有人幫我處置她！」

只是點幻術而已，傷不了人。

賀濔焱這會兒還輕鬆以對，等下了船就沒那麼輕鬆，一票金在旭的人馬圍成人牆，看來並不想讓他們輕易離開。

所以說，人有時比鬼難對付多了。

叭——叭——

汽車喇叭聲忽然傳來，在人牆的後方，傳來高鳴的喇叭聲，附近的觀光客也因此對這裡投以目光。

「走！」惜風憑著自己的直覺，推著賀濔焱往前走。

「妳認識？」

「不認識，但是先走就對了。」這叫死馬當活馬醫。

那輛車幾乎是衝過來的，金在旭的人馬用一種極度排斥的眼神瞪著那輛車，他們很想上前阻擋，但是上岸處有一棵被冰雪覆蓋的樹木，冰霜漸層的將樹全然包裹，一旁又有石碑，許多觀光客都在那兒合影留念，讓金在旭等人完全不敢輕舉妄動！

這反而給了賀灜焱他們絕佳機會，穿過人牆，來到車子旁邊！車門應聲而開，連思考猶豫的時間都沒有，他們雙雙上了車。

火速倒車，轉向，這輛現代的車子立刻開上馬路，像逃難似的。

「真是嚇死我了！」車主是個會講中文的女生，看上去只有十六、七歲，回頭看了他們一眼。「要不是剛好有船進來，我搞不好就被殺了咧！」

後座的一雙男女沒有卸下心防，還多了份詭異的眼神。

「我叫崔珍萱，你們好！歡迎來到南怡島！」

「我比較喜歡這種歡迎方式。」賀灜焱中肯地說。

「妳是什麼人？為什麼會來幫我們？」惜風當然對她抱持懷疑，現在她對會說中文的外籍生都不信任。

「我是奉命來接你們的！」她眉開眼笑的說著，「你們應該是要去金家吧！」

「你們姓金的太多了……」這隨便瞎矇都矇得到。

「崔承秀，你們是來找崔承秀的家，對吧？」透過後視鏡，崔珍萱那雙眼活靈活現的。

賀灜焱不由得跟惜風互看一眼，還真猜對了！

「妳怎麼知道我們是來找崔承秀的？」

「呵，台灣學生還跟著金在旭他們，這有什麼難的？」她說得很輕鬆，惜風一點都不覺得這種事值得用這麼高昂的語調說。

「所以妳知道我來的目的？」惜風冷冷的開口。

「嗯！妳是為了振興我們家族而來的！」崔珍萱奮力的點頭，「我們被壓迫了數百年的家族……」

「錯，你們家族的事與我無關。」惜風立刻斷然否認，「我是因為崔承秀才來的！你們……最近有聯絡上崔承秀嗎？」

「沒有，大姊很少跟家裡聯絡，因為會被竊聽。」聽著她喊大姊，賀濔焱覺得有點奇怪，她跟崔承秀有關係嗎？

惜風暗自忖度，這表示他們或許不知道崔承秀早就慘遭毒手。

「不過媽說大姊已經死了。」下一句，語出驚人。

惜風瞪大了眼睛，除了訝異於他們知道崔承秀已死外，還有崔珍萱為什麼說話還是這麼輕快？

「她的確可能已經死了，而且可能死得很慘。」惜風謹慎的問著，「那你們知道她是怎麼死的嗎？」

「當然是金兆成他們啦，還會有誰？」回答得理所當然，車子開進了荒僻的小路，一路上有許多人打量著他們。

「你們家對於親人的死亡，好像還滿自在的嘛！」賀濡焱也覺得匪夷所思，但更多成分是有趣。

「咦？又沒關係，也才死第一次啊！」崔珍萱聳了聳肩，「大姊有很多條命呢！」

什麼！惜風跟賀濡焱莫不坐直身子，或許有猜測也有傳說，但這位小姐直接講出來，那就是另外一回事了！

一路上都是樸實平房，車子開到一個小哨亭邊，裡頭的人先察看車子裡的人是誰，接著才讓車子往裡開。

車子開進一個像聚落的地方，許許多多的屋子錯落在這一大片的荒野地上，像是電影裡常看到的部落民族。

許多人站在外頭，引頸企盼些什麼。

「什麼叫她有很多條命？人應該只有一條命啊！」惜風抓緊時間問著。

「那是普通人，我們是九尾狐家族啊！」崔珍萱回眸看了他們一眼，「你們沒調查嗎？」

「九尾狐，我以為那只是傳說。」賀瀟焱沉著聲說，他遇過許多的妖，還沒遇過九尾狐。

「九尾狐當然是千真萬確的啊！我們的祖先幻化成人形，偽裝成人類，遇上愛人便一塊兒活了下來。」崔珍萱音調跟唱歌似的，似乎頗以自己為九尾狐後裔為傲。

「傳說中九尾狐美若天仙，可以魅惑男子上當，然後再以男子的肝臟維生，吃滿一百個，就能成為人。」賀瀟焱幽幽道出他所知的傳說，「但是當她吃了第九十九個男人的肝臟後，卻愛上了第一百人，所以寧願放棄修行，以狐妖的姿態繼續活下去。」

崔珍萱輕笑出聲，車子也停妥了，她鬆開安全帶後，整個人才回身望向他們；回過身的她讓惜風嚇了一跳，因為她有一隻眼睛已盲，眼皮跟皮膚全糊在一塊兒，留有嚴重的疤。

「錯，妖就是妖，吃再多肝臟、殺再多人也不可能變成人。」她挑起笑容，「但是九尾狐，的確非常非常想變成人。」

「哼。」賀瀟焱冷冷一笑，卻相當同意她的說法。

「好了！下車吧！」崔珍萱愉悅的開門下車，一旁也有男子上前為他們敞開車門。

惜風一下車，就可以感受到注目禮，男子們用一種戒慎恐懼的眼神望著她，而其他女性則用打量的眼神觀察她。

她下意識的貼近賀瀮焱，這裡給她的感覺並沒有比較好！

賀瀮焱當然也注意到了，他看似輕鬆的嵌著笑，但是銳利的雙眼卻不停的掃視四周，他看見的不是什麼妖氣，反倒是沖天的陰氣。

「妳要不要睜開陰陽眼瞄一下？」他低聲說著，惜風不甘的做了個深呼吸。

她極其不願，但是現在的確必須看得見，才能夠先一步瞭解這邊的情況；陰陽眼是死神給她的「附加能力」，所以她才能看見鬼魅，當年祂讓她看見的目的，是要她避開危險。

因為與祂在一起，她的磁場會變異，很容易吸引魍魎鬼魅，看得見就能防止一些不測之事。

事已至此，惜風選擇全面睜開陰陽眼，好看清所有妖鬼靈體。

而這一睜眼可不得了，她差點嚇得停下腳步！

「這是什麼……」她倒抽一口氣，眼前這外人看起來樸實的平房內外，全部瀰漫著重重陰氣啊！

「相當驚人……我看這裡的亡靈不少，而且全部都徘徊未離。」才說著，他就經過了一個單腳站在黃土地上的男鬼，他半身殘缺不全，用呆滯的眼神望著他們。

走在他們前方的是幾個衣衫襤褸的男生，很難想像在這樣的嚴冬下，他們卻穿著單薄而且破爛的襯衫或是T恤，全身瑟縮發抖的走著；而其他女人卻穿著保暖的羽絨衣或是皮草，驕傲的喝令著他們。

韓國至今還是個重男輕女的國家，這種景象根本不可能見到，何況再不平等也不至於會有類似虐待人的行為出現啊！

他們走近正中央最大的木屋，從內到外，連裡頭的角落都黏滿了淒慘模樣的亡靈，有男有女，全都呈現呆滯貌或站或蹲，當然也有人根本沒有腳，只能癱在地上。

裡頭幾乎都是以女性為主的廳堂，從服裝就可以分辨出來，雖不是華服，但至少她們都能穿著溫暖的服飾，跟一旁凍得發抖的男性們相差甚遠。

「歡迎。」正中央一位看起來權勢最大的女人迎上前來，她口說韓文，崔珍萱則幫忙翻譯。

但是，惜風發現她聽得懂。

附在左掌心裡的傢伙，讓她聽得懂韓文，一如昨夜眾鬼的悲泣般。

這讓她提高警覺，她不能再輕易的被控制情緒，否則會喪失自我，別說會被引入怎樣的險境，只怕身邊這位賀先生就不會放過她。

「聽說在船上出事了，不過幸好各位都平安。」崔珍萱翻譯著，「我們原本想設法請您過來，想不到您自己就前往島上了。」

「我？」惜風指了指自己，崔珍萱點了頭。「我好像很受歡迎，大家都想找我。」

「因為妳是承秀最後接觸的人。」崔珍萱的笑容變得有點僵硬，「她知道自己即將遭遇不測，因此把重責大任交給了您。」

惜風雙拳緊握，賀灝焱留意著周邊緩慢逼近的女人們，而屋頂上的女鬼們發出了尖細的笑聲，咯咯的瘋狂笑聲令人渾身不舒服。

「我們只是相撞而已。」她輕描淡寫的帶過。

崔珍萱向女人說著，那女人露出令人不快的笑意，對著惜風挑高了眉。

「那為什麼您要千里迢迢到這裡來？」崔珍萱轉述。

「觀光。剛好有便宜的清倉團，所以我到這裡玩。南怡島是觀光聖地，我來這裡理所當然。」惜風說得面不改色，從屋頂躍下的女鬼在後方又叫又跳。

「我們誰都不必騙誰，承秀把重要的東西託付給您了。」女人恭敬的行禮，「我們家族現在就仰仗您了。」

惜風不作回答，她側首看見過於逼近的人們，下意識的想閃開，但是她們的手卻直接上前攫住了她；賀濡焱本想推開那些女人，怎知那些女人竟然也從後扣住他的身子，還有個男人手持木樁，狠狠的就要朝著他的頭敲下！

「住手——」惜風大聲喊著，「誰敢傷他！」

「停！」崔珍萱立刻揚手，「不准傷人。」

擁有權勢的女人瞪向崔珍萱，似乎對她的擅自下令不是很愉悅，幾句韓語在空中交雜，沒有人理會惜風拚命問著：「妳們到底要幹嘛？」

「只是請您先休息。」崔珍萱指向賀濡焱，他被七個人架住，動彈不得。「把男的帶下去。」

「賀濡焱！放開我……這叫請嗎？」惜風慌張的嚷著，看著賀濡焱被拖往屋外去！

「賀濡焱！」

「妳冷靜點！」賀濡焱回首大喊著，「我一定會去找妳！」

惜風掙扎未果，身子被三個女人抓著，這根本是從狼穴逃到了虎穴，崔承秀害慘她了！

被拖出去的賀濡焱倒也奇怪，他放棄了掙扎，相當配合的離開，只是在那當下，他身上彈出了一抹紅色的身影。

咦？惜風瞪大雙眼，看著那抹紅色的身影竄進屋裡，接著瞬間隱匿！

「請您跟我來吧。」崔珍萱領了命令，旋身往屋子深處走去。

架著惜風的女人們將她往前帶，她的一雙眼仍在追尋紅色鬼影的下落，那是從賀濡焱身上跑出來的，她之前曾在日本見過，像是養小鬼之類的東西！

在外頭看覺得屋子很淺，但事實上後門卻連接著其他屋子，重重疊疊，蜿蜒曲折，一不小心還真會迷路，惜風安靜的跟著往前走，事實上是認真的把路背下來。

「你們知道崔承秀已經死了，卻還能這麼從容，倒是挺冷血的。」惜風不悅的開口，崔承秀連屍首在哪兒都不知道呢。

「承秀是九尾狐的化身，她會再生的。」崔珍萱走在最前頭，好像在說一件理所當然的事。「她六歲時掉進沼澤裡都能活著回來，就算在台灣死了那又如何？」

「你們有什麼證據證明她有九條命嗎？」惜風並不相信。

「我剛說了，六歲時她掉進沼澤裡，有人親眼看見她沉下去的，在回來求救、再領人過去的時間中，她應該早就淹死了。」崔珍萱走到一間房間前，停下腳步。「但是等大人到沼澤邊時，她已經隻身坐在岸上，活生生的毫無損傷。」

「這說不定是穿鑿附會，也可能她根本沒下去，只是在岸邊的淺水處……」死神跟她說過，沒有人能死而復生，那些所謂的奇蹟，是原本就命不該絕，只是陷入假死狀態罷了。

「我就是那個玩伴。」崔珍萱微微一笑，「我們偷偷闖入禁地，她失足滑落，我親眼看著她沉下去，她那時才六歲，我們誰也不會游泳！」

咦？惜風詫異的睜大雙眼，真有這種事？

所謂九尾狐轉世，崔承秀有九條命，按照這樣推算，當年溺死一次、這次在台灣喪生——她還有七條命可以重生？

「就算妳這樣說，那她死在台灣，怎麼可能回來？」

「她早就回來了。」崔珍萱領著惜風往房裡走，「她在死前就已經預知自己的命運，把靈魂託妳帶回來了。」

靈魂！惜風握緊左手，難道那瞬間崔承秀就把九尾狐靈魂寄宿在她體內了？

那到底是九尾狐的靈體？還是崔承秀的靈魂？

「她是最強大的九尾狐，我們家族都等著她復興，她選擇妳，表示妳一定是個很棒的寄宿體。」崔珍萱向那三個韓國女人簡單交代著：「幫她梳洗，換上服裝，我們不能拖延時間，祭典必須趕快開始。」

她不知道惜風聽得懂，惜風自然假裝不解的站在一旁，而韓國女人們領命後，崔珍萱才對著她輕笑。「先洗個澡吧，她們會幫妳。」

「我洗澡不需要人家幫我。」她斷然拒絕。

「沒關係。」崔珍萱沒聽她說話，直接就往外走去。

房間裡或站或坐，都是雀躍瘋狂的女鬼們，惜風跟女人們再三保證她不可能離開這間房間，最後才終於得以一個人進入浴室。

『九尾狐！九尾狐！』浴缸裡早塞滿了女鬼，一看見她就湊了上來。『九尾狐終於回來了！』

惜風默不作聲，假裝看不見她們，女鬼們更是蹲到她的左手邊，用讚嘆般的聲音高聲唱著：『把手割開，九尾狐就會再度現身。』

『甜滋滋的鮮血啊，這個女人是很棒的祭品，嘻嘻……』窗戶邊蹲踞著的女鬼用破鑼嗓子說著，因為她的喉間有一道深溝。『跟我一樣，她會跟我一樣，哈哈哈……』

跟她一樣？什麼叫做祭品？

惜風再也忍無可忍，一把抓過了那被割喉的女鬼，這動作嚇得整間浴室的腐鬼們驚聲慘叫，但惜風還是將女鬼壓進浴缸底下，左手拿出賀瀟焱給她的手腕佛珠。

『啊呀——呀——』一看見具有靈力的佛珠，女鬼驚恐的慘叫著：『救命！九尾狐救命！』

「我要妳再說一次，」惜風此時已經不知道自己說的是哪國語言了，「祭典是怎麼一回事？」

『嘎呀！』

第六章・女人們

冰冷的地窖裡躺著數具人體，從地上的石磚縫隙裡還能看見因濕氣而永不乾涸的血跡與蠕動的蛆蟲；賀澟焱舒展了筋骨，他們能架著他來只是仗著人多，不是女人就是瘦乾乾的男人，他認真起來都不是對手。

「真是誤入賊窟了！」他開始搜刮這些倒地之輩身上的物品，卻拿不到什麼有用的東西。

怪了，尹敏兒就能有槍，這狐族還真貧乏。

不過什麼都缺，唯獨鬼倒是不少啊！賀澟焱望著陰冷冰濕的地窖，從牆上到地上都有血跡，空氣中瀰漫著霉味跟血腥味，還有濃厚令人作嘔的屍臭味。

角落還聽得見啜泣聲，他邁開步伐，朝著看似死角的牆邊走去。

正面看這裡是間密室，不過換個角度仔細瞧，就可以看見牆後還有牆，中間藏了一條秘道。

裡頭漆黑一片，但是陰鬼倒不在少數。

「唉，不入虎穴，焉得虎子嗎？」賀濔焱喃喃自語，不畏黑暗的就走了進去。

『男人！是男人！』賀濔焱聽不懂，但是他能察覺到殺氣！

有股殺氣來勢洶洶的迎面而來，尖笑聲跟著襲至，女鬼幾乎是對準賀濔焱的胸骨以下攻擊，因為她想吃那熱騰騰、滑溜溜的肝臟吶！

尖甲直往胸口探，只聽見轟然一聲，通道內冒起了一簇火團。

『哇——』大火燒上女鬼所剩無幾的髮絲，她狼狽的摔落在地，而陰暗窄小的通道內，也不知曾幾何時浮起了顆顆璀璨的火球。

這也讓賀濔焱看清楚這牆上塞了多少亡靈，地上在打滾的那隻好不容易把火弄熄，逃之夭夭。

「妳們得慶幸我沒叫業火出來。」賀濔焱笑著，將打火機收進口袋裡。

他的能力不是這片土地賜予的，因此也無法隨心所欲的召喚地獄的業火，除非這片土地的神明允許。

亡靈們畏懼他的能力，只能齜牙咧嘴的咆哮著，賀濔焱從容的走完不長的通道後，眼前呈現出一大片的洞穴，那是另一個寬廣高深的地方，不過兩點鐘方向那偌大的平台上，倒是出現了相當驚人的景象。

白骨山。

哎呀呀，這可真是奇景吶，在這文明的世界，竟然有這種私刑場所？

或許私刑場所一直存在，只是有沒有被揭發而已吧！

賀灝焱從容自在的將雙手插入褲袋，火球在他身邊轉，依照他的意念往上攀升，好照亮那兩人高的屍骨山，亡靈們戒慎恐懼的躲開那其實無害的火球，卻不捨離去。

這座白骨山，墊底的屍體們已化為骨頭，蛆蟲正在享用餐點，由下往上分別是死亡時間遞減的屍體；最上頭是剛死沒兩天的男人，屍體剛發腫、眼珠才凸出，還沒到太噁心的地步。

不過下面幾具就難看了，屍體不僅腫脹發黑，也因屍身產生的沼氣炸開體腔，腸子跟內臟噴灑在其下的白骨山上，非常有礙觀瞻。

這是個設計完善的地方，因為屍血會匯集在最下方的低凹處，順著水溝排出去，因此賀灝焱跟著血水的方向走，看著水溝由小到大，由窄變寬，終至於逼近小河般的寬管而去。

所以這裡根本就是設計來扔棄屍骨之處。

寬管接著小河？不，這該說是地下的大水溝吧！血水與溝水和在一塊兒，潺潺往外流動，一旁的石縫上還卡著衣物碎屑。

這就怪了，如果把屍體都堆在這裡，那河道上為什麼還會有衣物？

他沉吟著，眼尾瞥向角落裡瑟縮的亡靈，定神一瞧，發現全是男性亡靈。

一邊是張牙舞爪的女鬼、一邊是死後依然恐懼的男鬼，這裡的男人待遇真慘，生前死後都很悲哀。

其中幾名男鬼瞥了賀濕焱好幾眼，緩緩站了起來，指向出口的方向，嘴裡說著快走快走，可惜他聽不懂。

但是他卻看見了這些男鬼最後的模樣。

右胸下有一個刀痕，他想起在船上的屍體，那是一模一樣的位置，思忖數秒後，他決定採用世界共同語言——手語。

賀濕焱指向幾個男鬼的傷口，他們疑惑茫然，跟著往自己傷口比去，然後有人翻開了那層皮。

大概想讓賀濕焱看清楚些，他們很配合的把皮膚整塊撕扯開來，好讓他可以看見空無一物的腔膛。

肝臟，女鬼們搶食肝臟——難道活人也是嗎？

都說九尾狐只有一隻了，這群女人是在想什麼？

九尾狐拚命吃男人肝臟是為了變成人類，而這群女人拚命生吞肝臟，又是為了什麼？

意圖變成九尾狐？怎麼沒有人想安安分分的當自己呢？

『快離開！快走啊！』男鬼們殷勤的催促著，看起來有點像是要追殺他似的，步步逼近。『你快點走吧！』

賀瀟焱被逼得後退，要不是他們腐爛中的表情太誠懇又沒殺氣，他可能會失手解決他們。

不過一旋身，後頭的女鬼們倒是個個笑得很機車，用很醜的姿勢蹲踞著，也有的攀附在牆上，躍來跳去，真以為自己是隻狐狸；長長的舌頭往外伸，舔著嘴角，彷彿他是塊美味的蛋糕。

『肝臟……美味的肝臟……』她們發狂般的尖笑，冷不防的就朝賀瀟焱撲了過來。

「擋！」這兒滿地都是水，賀瀟焱話落水起，水自地面躍起，形成了圓筒狀的結界，徹底把衝過來的女鬼們一一擋得七零八落！

「有別條路嗎？」他回首問著早就躲到角落的男性亡靈們，指著眼前被堵住的路。

「我出不去了！」

不同語言彷彿可以交流似的，男鬼們搖著頭，沒人有膽出來幫忙，全部以哀戚的神色望著他，還有人挪出一個空位，似乎是好心的預先幫賀瀟焱留個位置。

他無奈的望著這群慘死的男人們，真是可憐，被折磨到連成為鬼都怕成這樣！但是他可不一樣，這群厲鬼再兇，也不一定能傷到他。

啪啪……啪啪……不遠處傳來急促的足音，踩過了水窪，他沒分神，倒是眼前這掛女鬼全數往後望去，接著竟紛紛放棄她們的獵物，像是讓開一條路般的閃躲！

賀瀟焱還在懷疑來者何人，一抹紅影倏地從通道那端冒了出來！

「乾媽！」賀瀟焱望見清秀的女子身影，立即往通道口的人影看去。「惜風！」

「好噁心的味道！」惜風站在通道口不敢進入，這裡頭黑壓壓的，腐臭味讓她不停乾嘔。「裡面有什麼嗎？」

「屍體山而已，」賀瀟焱邊說邊往外移動，身邊的紅衣女鬼正朝著他低語。「什麼？血祭？九尾狐在惜風身上，所以要逼出來？」

惜風不安的望著通道，總算看見賀瀟焱的身影，而他身邊那個紅衣女鬼瞥了她一眼後，咻的沒入了他的身體裡。

抱怨。

「你養的那個小鬼……很漂亮。」也很兇，惜風這句選擇跳過不講。

「她是我乾媽，妳說她是小鬼她滿不爽的。」賀濡焱鄭重的說著，乾媽剛剛忍不住

「乾媽？」她顯得很不可思議，「原來我的男朋友是死神一點都不奇怪啊！」

「妳承認祂是妳男友？」賀濡焱挑了挑眉，不以為然。

「我沒有選擇。」她聳了聳肩。

「至少可以不要承認。」瞧她那樣的說法，好像真把死神當男友似的。

惜風不懂這有什麼好爭執的，死神甚至可以算是她的未婚夫了。

「我聽乾媽說了，妳是外人，沒有資格擁有九尾狐的靈魂，所以必須把妳殺了，將九尾狐重新請出來，選擇他們的族人附身。」賀濡焱邊說邊搖頭，「真是太可笑了，這個家族從頭到尾都在做矛盾的事。」

惜風嘆口氣，她左掌心的靈魂隨時要進出都行，沒必要非殺了她不可吧？

「是啊，既然九尾狐是不死之身，擁有九條命，那崔承秀就應該會重新現身，而不是附在我身上……然後九尾狐的靈魂還得重新降在某個女生身上。」

「她們可能自己都搞不清楚就在亂來，而且自稱是九尾狐的血脈，又有某個人是九

尾狐的轉世……」賀濡焱嗤之以鼻的哼了聲，「就連死掉的亡靈也把自己當成九尾狐似的，想吞男人的肝臟。」

惜風不由得蹙眉，環顧四周噁爛的女鬼們，這未免太詭異了。

「現在該從哪邊走？」賀濡焱仰頭望著牆角上方的男鬼指示，在地窖裡轉著。

「我剛從上面下來。」

「所以妳不見了，應該會有一堆人從那邊下來找妳吧？」賀濡焱直覺該相信那群男鬼，畢竟他們會認為同是天涯淪落人，相逢何必曾相識。「妳剛剛被帶去哪裡？」

「一間房間，準備梳洗換衣，然後等著被殺掉，讓左手的靈魂出來。」惜風瞥賀濡焱一眼，「剛剛那位小……乾媽幫我擊昏那些韓國女人，我才得以跑出來。」

威脅恫嚇厲鬼這段還是別說，感覺那位乾媽希望維持慈祥的樣貌。

賀濡焱點著頭，輕輕拉過惜風的手臂，不讓她離自己太遠，這裡很黑，火球在空中繞轉，但還是無法抵抗森寒的空氣，還有令人毛骨悚然的幽鬼們。

她熟悉賀濡焱的火，他是個能自由使水與使火的人，說不上羨慕，但是在這種狀況下，具有能力是件好事——比她好。

賀濡焱一路順著男鬼的指示在蜿蜒的地道裡行走，很令人意外的是，這個地窖處處有岔路，九彎十八拐，簡直是個龐大的地底迷宮。

「那些女人都在覬覦你。」惜風下意識的扣住了他的手臂。

「我知道，我的肝臟比我本人迷人。」賀瀟焱還笑得出來，「不過有妳在，她們不敢靠近。」

「所以——」惜風抬起左手，「這真的是九尾狐？」

賀瀟焱無法給她答案，但是崔承秀的確把什麼東西轉進了惜風體內，是人？是鬼？是妖，現在還不能確定。

眼前五公尺又是一個岔口，賀瀟焱尋找好心的鬼指引，卻聽見了窸窣的聲音。

拉著惜風往暗處去，他收起了火球。

「好黑喔！」

「妳小聲一點啦！呀！好噁心！」

「閉嘴。」這是有腔調的中文，女人的不耐煩聲音。

「為什麼要帶她們兩個來？」這是男人的聲音，比較遠。

「拜託！是你們硬跟過來的還敢說！」啊啊，惜風搖了搖賀瀟焱，她認出來了，那是蘇子琳的聲音。

黑暗的地道中魚貫走出了人影，一連好幾個，因此證實了地下通道是相連的——狐族與獵狐族之間，即使在地面有著重重隔閡，在地底卻相通？

「蘇子琳。」惜風率先開口，賀澟焱將手電筒打開，冷不防的照向前方。

「哇呀——」這反而嚇著了兩個女生，她們驚聲尖叫的抱在一起。

「噓！」尹敏兒皺起眉心，怎麼動不動就尖叫！

來者為首的是右手受傷還吊著的尹敏兒，郭佳欣跟蘇子琳兩個人在中間，全書海跟另一個叫鄭召成的學生殿後，全是獵狐那派的人。

「惜風！」蘇子琳見到他們，喜出望外。

「等等，別過來！」賀澟焱邊說，一邊把往前走的惜風給拽回來。「你們到這邊來做什麼？」

「我們是來找你們（惜風）的啊！」郭佳欣跟蘇子琳幾乎異口同聲，然後就是同步急著說話的亂七八糟。

「不要說話！」後頭的全書海一臉不耐煩，「妳們是怕人家不知道我們在這裡嗎？」

兩個女生被吼得噤聲，明明他吼得還比較大聲——嗚。

「她們兩個溜出來要找你們，我們就乾脆一起過來了，不能讓你們落在九尾狐手上。」尹敏兒簡單的解釋著，「地下通道是連通的，但是熟悉路的人不多，請跟我們走吧！」

「我可不要。上一個要我們跟著走的人要我的命。」惜風直接拒絕。

尹敏兒瞥了同伴一眼，他們的眼神交換著訊息，惜風現在不信任任何人，因為金兆成那邊是以獵殺九尾狐為主的家族，她進去大概也是小命不保。

「地下通道是連通的，那你們兩家何必在地面上劍拔弩張？」賀濡焱失聲而笑，「就找一天自地下通道上去將九尾狐家族滅絕不就得了？」

惜風皺了眉，這傢伙是在提供什麼爛意見？

「我們雙方維持一定的平衡，狐族平時也有人在這裡守候。」鄭召成話說得很謹慎，他在韓聯社擔任的是總務。

「我看應該是那群女人的亡靈在守候吧！」賀濡焱忍不住笑了起來，獵狐族這麼威，竟畏懼區區幾隻……好，一團怨鬼？

「惜風，我們先跟他們走吧，不然我們又不知道路！」蘇子琳一拐一拐的往前走，她的小腿已經被包紮妥當。

但是，血腥味還是溢了出來。

賀濔焱斜眼望著那群逼近的女鬼們，在這充斥著厲鬼的地方，實在不該有傷者。

『讓我們吃了這些人吧？』女鬼們磨刀霍霍，『吞下滑溜鮮嫩的肝，那我們就都是九尾狐！』

尹敏兒打了個哆嗦，似乎是敏感的感受到寒意與殺氣。

『她不是九尾狐啊，看不見證明！』女鬼們盤踞在惜風的頭頂上說著，『沒有靈光、又沒有死過一次……』

惜風僵硬著身子，微微顫抖，眼神不停的飄移。

「我們還是走吧，這些厲鬼打算吃掉大家。」她咬著牙說。

「厲鬼？」尹敏兒倒抽一口氣，驚訝的左顧右盼。

同一時間，所有僑生都在顧盼，這讓賀濔焱瞠目結舌。「你們沒有一個人看得見外圍這一堆厲鬼？」

「一大堆？」這下連郭佳欣跟蘇子琳都陷入恐慌了！

尹敏兒等三人面面相覷，既緊張又恐懼的邊搖頭，一邊進入戒備狀態。

「天哪！你們連看見的基本體質都沒有，搞什麼獵殺九尾狐啊！」賀濔焱簡直是呼天喊地，這兩個家族是怎樣啦？

說時遲那時快，蘇子琳等人身上的血腥味誘發了殺戮，數隻厲鬼直接撲向了尹敏兒。

「去！」賀濡焱打火機一點，引出一團火球，從尹敏兒身邊擦過，燒上了那齜牙咧嘴的厲鬼婆子。

惜風也匆忙上前拉過蘇子琳，伸腳把準備咬下她小腿的厲鬼給踹開！

「有沒有辦法讓他們看見啊！」惜風慌亂的說著，跟著一把推開全書海，再扯過一個厲鬼的長髮，往牆上甩去！

「我要是有那個本事的話，我早用了！」讓普通人有陰陽眼？那他就可以訓練一大堆弟子了！

在船上時敵方刻意讓大家看得清清楚楚，但在這裡卻成了敵暗我明，因為一群半吊子的九尾狐獵殺族？天哪！

他終於明白，在船上那個穿著傳統服飾，煞有介事作法的傢伙為什麼唸的東西一點用都沒有了！

「咦？」正在努力把厲鬼打跑的惜風忽然一顫身子，她的左手——左手又在作怪了！「濡焱！」

操控火球的賀濡焱正忙著用水珠凝成水牆，聽見惜風不對勁的叫聲，立即回身朝她衝去——但是無形的一股壓力朝他直衝而來，他連靠近都沒辦法，直接被擋在惜風的一公尺之外！

糟了！賀濔焱伸手要切開這層阻礙，但感受到一股風從左耳繞到右耳——『不要礙事！』

有聲音停留在他耳邊，賀濔焱驚覺不妙，以手肘護住頭部，準備伏低身子，體內旋即衝出紅色靈體，將他團團包住！

不只是紅色靈體，甚至連他體內其他數個靈魂，也全部竄出來護成一道靈牆。

情況呈現膠著與對峙，賀濔焱感覺得到守護靈正圈住他，但是他現在動彈不得，彎下身子的他只能看見蜷蹲在地的惜風，她緊縮著身子，身邊有著一層雪白的霧氣——又是霧氣？

「哇！啊啊啊！」郭佳欣高分貝的尖叫聲傳來，手腳並用的踢開身邊的厲鬼。「滾開！滾開！滾開！」

「呀——」連蘇子琳也緊揪著背包當武器，敲打著撲上來的枯槁女人。

看見了？賀濔焱立即發現端倪，就連尹敏兒跟全書海等僑生也都開始能閃躲與防禦了！

『沒有殺氣。』紅衣靈體輕柔的說了一聲，咻的引領其他靈體回到賀濡焱的體內。

賀濡焱一直起身子，就往顫抖著的惜風身邊衝去。

「妳怎麼了！惜風！」他抱住她，因為她抖得厲害。

「啊……」惜風喘著氣，痛苦的皺著眉。「她……她……從我的左手跑出來了！」

她的話不成串，但眼神卻往右邊瞄去。

賀濡焱謹慎的也往右看去，那是個雪白的女人，全身上下逼近白子的樣貌，她幾乎是赤身裸體，只是下半身整個模糊化，與霧氣纏繞在一起。

問題是那臉孔太熟了，在場可能只有蘇子琳叫不出來。

「崔承秀？」賀濡焱將惜風攙起身，在惜風左手裡的竟然是應該重生的崔承秀？

「崔承秀！」尹敏兒聽見賀濡焱的呼喚，緊張的回首探視。

崔承秀微微一笑，雙眼往四周瞄去，忽然雙手一攤，中氣十足的對著空氣大喝了一聲！

尖銳到逼近超音波的聲音頓時讓厲鬼們逃竄，也有直接被靈氣震碎的靈體！

『太過分了！妳是什麼——』殘餘的厲鬼對她咆哮著，『妳愧為九尾狐的傳人！』

『我不是什麼傳人！』崔承秀指向尹敏兒他們來的方向，『你們快走吧，有條路直接通到岸邊，最後一艘船要開了！』

「最後一艘？」惜風看了手錶，「現在才下午三點多。」

『他們封島了！為了不讓你們離開！』崔承秀看向了尹敏兒，『快點帶無辜者回去！』

「妳……九……九尾狐？」鄭召成厲聲喊著，從聲音到身體都在發抖。

「她如果是九尾狐，就不是鬼了。」賀濡焱嘆了口氣，那是切切實實的鬼魂。「我們快走吧！」

尹敏兒跟全書海他們還在猶豫，賀濡焱哪等得了這些，萬一真的停船，那他們有大半夜得待在這個跟賊窟一樣的島上，惜風成了人人得而誅之的妖孽，他可能變成鮮肝祭品，就因為一群莫名其妙的瘋子。

一見到賀濡焱跟惜風往通道裡走，蘇子琳一點猶豫也沒有，拔腿直追。

搶著分食的厲鬼們哪肯罷休，她們尖聲嘶吼的由後追上，賀濡焱催促著大家向前，準備在通道內築出一道結界。

哪知崔承秀先一步現身，她的身後，竟浮現出更多死狀淒慘的女孩——只比那群厲鬼好一些，因為她們腐爛的狀況沒那麼嚴重，而且身形也尚未變形，並非變質的厲鬼。

『交給我們吧！』那群女孩蒼白著臉，幽幽的說著。

「妳們把我搞混了！」賀濰焱嘖了聲，回身追上前。

地下通道因為蜿蜒，比在地面上多繞了許多路，他們拚命跑，厲鬼們拚命追，每隻厲鬼都以為自己是威風的九尾狐轉世，血紅的雙眼裡只有肝臟。

而崔承秀帶領一票較正常的少女鬼魂負責阻擋，形成很有趣的情勢，像是鬼與鬼之間的戰爭。

蘇子琳雖然受傷，但還是跑得很快，她緊緊拉著惜風一塊逃命，好像不需要多餘的言語，就能化解彼此間多年的陌生與之前不快的尷尬。

「妳腳不痛嗎？」惜風憂心忡忡的問，子琳的腳上應該都是厲鬼的抓痕！

「痛也得跑啊！這點傷難不倒我的！」蘇子琳肯定的緊握著她的手，受傷的人竟跑得比惜風還快！

惜風難受的笑著，蘇子琳的血已透出紗布，甚至滲出了牛仔褲，她還在逞強。

儘管崔承秀一路幫忙阻擋自以為是九尾狐的厲鬼們，但她們的力量有限，這是很不公平的事，不忍殺生的鬼力道就是比已經殺生的鬼弱了一倍。

方。

因此賀濔焱一路上還是以能用的水珠對怨鬼進行攻擊破壞，並小心不傷及好鬼這辜。

這戰線拉得太亂了，他深怕一時不察，婦人之仁放過怨鬼，又擔心因為無心害到無辜。

「怎麼那麼慢！」

小路最終成了上坡路，牆邊出現一道暗梯，上方竟站了崔珍萱！

「快點啊！」

「又一個？」賀濔焱已經被弄得一個頭兩個大了。

「這艘船趕不上就完了！」崔珍萱比任何人都還慌張，「快點啦！」

蘇子琳三步併作兩步的走上階梯，身後的惜風頻頻回首看著殿後的賀濔焱，一個恍神腳底踩空，整個人往下滑去！

「哇啊！」身後的郭佳欣抵擋不住，跟著往後摔去，所幸全書海硬以身體擋住，才避免這連環追撞。

而最上方的蘇子琳也及時拉住了惜風，導致手臂被一旁粗糙的牆面又刮出一道血痕。

「專心點！」蘇子琳叮囑著，她們穩住重心後繼續往上走。

「你們身為偉大的獵狐一族，有沒有一點點法器可以使用呢？」賀濡焱忍不住問了，因為現在天花板上都是層層疊疊倒吊的怨鬼們，她們一個抓著一個垂降而下，形成像空中飛人般的姿勢，正從那邊盪過來啊！

就算他解決掉下面移動的怨鬼，還有更多可以補上，這是鬼海戰術嗎？不，為什麼這裡有這麼多女人的怨鬼？

「祠堂裡有供奉一把刀，據說是當年斬殺九尾狐的神刀！」尹敏兒高聲回應。

「據說？你們的據說太多了！」賀濡焱簡直氣急敗壞，如果全部是假的就算了，問題是鬼是真的，制伏者是假的，這太冤了。「那這群自以為是九尾狐的鬼怎麼來的？」

『全部都是我們的人……每一個人都以為自己是九尾狐。』崔承秀以身體擋住階梯下方，其他女孩之鬼攀爬上梯緣，阻止猙獰的厲鬼過來。

『我們被殺死，就是為了證明我們是九尾狐！』陌生的女孩這麼哭著，她的左右太陽穴有個對稱的窟窿，彷彿是長柱體穿頭而亡。她倚在賀濡焱身邊，揮打搖盪過來的厲鬼。

「別講古了！快走！」崔珍萱站在最頂端嚷著，她手持一支像拂塵的物體，上頭有著強大的靈氣，一揮就能掃掉天花板大部分的厲鬼！

蘇子琳跟惜風最先出去，她們突然從黑暗來到光亮處有點不大適應，不過蘇子琳還是拉著她往外衝。

大家陸續往外跑，賀濚焱回首瞥了崔承秀一眼。「妳呢？回去嗎？」

崔承秀緩緩的點頭，真的又化為一陣白霧，直接從賀濚焱身邊掠過，要回到惜風手上。

賀濚焱沒有阻止，因為崔承秀將是重要資訊來源，而且她沒有殺意。

但是當她掠過鄭召成身邊時，他竟然動手，試圖將她攔下來——這時候，鄭召成手上拿著的竟是八卦鏡！

『呀——』八卦鏡讓崔承秀嚇得逃竄，所有善鬼逃之夭夭，而虎視眈眈的厲鬼立刻趁勢傷害她們！

「崔承秀！進來！」賀濚焱大喝一聲，右手朝空中伸直，聞言崔承秀鬼魂在空中繞了一圈後衝向他，他的身子裡竄出紅色身影，將崔承秀團團捲住後，帶進了他體內！

「那是……」全書海看得目瞪口呆，那是自願附身？還是吸納靈體？

來不及想太多，崔珍萱氣急敗壞的回來吆喝，同時賀濚焱快步上前，一把搶下鄭召成手裡的八卦鏡！

「你幹嘛？」鄭召成一時大意被取走八卦鏡，一拳立刻揮了過來！

「有八卦鏡不早拿出來，這可以對付這一大票瘋子厲鬼！」賀濡焱左閃右躲，每一拳都閃得漂亮。「你們在盤算什麼？」

他將八卦鏡用力一轉，八卦鏡立定旋轉並且被拋向空中，旋轉中散發出的光亮，照在厲鬼身上直接消蝕，哀鴻遍野。

賀濡焱直接往上奔去，八卦鏡穩當的重新落回他手上，鄭召成急起直追，雙腳卻突然被緊扣住。

咦？

他攀住樓梯邊欄，錯愕的回身低首探去。

『獵狐家的男人！』猙獰扭曲的女厲鬼喜不自勝的大笑著，『獵狐者的肝臟一定最美味！』

「哇啊！」鄭召成用力踢想甩開厲鬼，但是從天花板盪過來的數隻厲鬼，同時間跳到他身上了！「哇啊——走開！妳們這些妖狐！」

重心不穩的他摔上了階梯，一路往下滑去，厲鬼們壓在他身上，長長的骨手愉悅且迅速的刺入他的腹腔。

「哇——啊啊——」淒厲的慘叫聲傳來，聽見叫聲的賀瀟焱回身，崔珍萱伸手阻撓。

她搖了搖頭，賀瀟焱望著樓梯間的鄭召成，厲鬼們正扯開他的肌膚，捧著滑溜的肝臟，使勁一把拔起，將血管與肝臟霎時拉斷，高高的捧起鮮血淋漓的紅肝，喜悅的尖叫聲迴盪在地窖裡，蜂擁而至的厲鬼們紛紛伸長指尖抓撕新鮮的肝臟，形成狼吞虎嚥的吞食秀。

鄭召成依然活著，他在哀鳴。

賀瀟焱瞥了崔珍萱一眼，「妳真能坐視不管？」

「他是敵人。」她聳了聳肩，「出去往左邊走就是了，我要走了。」

她旋身往樓梯下走去，跳過鄭召成的身體，被拔掉肝臟的他等到肝臟被食完後，面臨的將是怨鬼們的虐殺。

賀瀟焱無能為力，他旋身往外奔去，推開了一道門，刺眼的陽光突然讓他無法立即適應，等到定神一瞧，才發現這兒竟然是女生廁所！

門在某一間公共女廁的旁邊，不知情的人還以為是掃具間呢！

他好整以暇的關上門，有點不穩的往外奔去，崔珍萱說向左，陽光讓他睜不開眼，從漆黑的地窖到光亮的地面，很難穩住重心。

南怡島很大，充滿白樺樹、杉林及寬廣的綠地，跑出來後只見枯樹，再拐過兩間屋子後，他終於瞧見了岸邊的石碑。

船就在那兒，而且即將離岸！

此時，他卻看見郭佳欣朝著他跑來！

「做什麼？」他大喝著。

「惜風跟子琳呢？」郭佳欣急得都哭了，「我沒看見她們兩個啊！」

咦？賀濔燚倒抽了一口氣。「她們不是走在最前面嗎？」

左後方奔來尹敏兒，她氣喘吁吁，搖了搖頭。「我出來時就沒看見她們了！」

「……」賀濔燚緊握雙拳，瞥了船一眼。「妳們快上船吧！」

尹敏兒劃過一抹苦笑，連全書海雙眼也嗤笑起來。「我們是這裡的人，死也走不了。」

「帶郭佳欣走。」他撂了這句話，旋身往另一個方向衝去。

從廁所出來只有兩個方向，如果這裡沒有惜風的話，那她們一定往另一邊去了！

到底哪個路痴帶的路啊！

蘇子琳！

第七章・禁地

被恐懼與驚慌纏繞著，兩個女孩在疏林中奔跑，惜風不停的回首想尋找賀濡焱的身影，蘇子琳卻拔腿拚命的直奔，就怕被捉到似的。

「別再回頭了！電影裡演說逃命時回頭只會拖延時間！」蘇子琳緊握著她的手往前拽。

「可是……」惜風仍舊頻頻回首，「不！不——不對！等等！」

她不顧一切的扯住沒命狂奔的蘇子琳，硬是停了下來。「我們身後沒有人！沒有人啊！」

蘇子琳氣喘吁吁的回身看去，她們兩個在一片荒野中，錯落的疏林以及黃土地上，跑了這麼大段距離，她們身後卻一個人都沒有！

「怎麼……」這下連蘇子琳都傻了。

「崔珍萱怎麼說的？她要我們往這裡跑嗎？」

「她說……」蘇子琳認真的回想著奔出門時崔珍萱說的話，卻一片混亂。「她說……

她說……」

子琳慌了！惜風看得出來抱著頭拚命思索的她根本什麼也記不清楚，在那瀰漫著腐臭味與充塞著可怕怨鬼的地窖中，讓普通女孩的心靈和精神都無法承受。

「別想了。」惜風忽然將手疊在蘇子琳捧頭的雙手上，「我們回頭。」

「回頭？」蘇子琳虛弱的說著，現在回頭？

「我們一定跟大家跑散了，方向錯誤。」她緊握雙拳，「不管誰的方向是對的，我要回去。」

「可是萬一我們這邊才是對的怎麼辦？萬一……」

「子琳，我們離岸邊越來越遠了。」惜風冷靜的說著，自亂陣腳只會分不清楚事實。

「我們跑錯的機率大得多。」

她輕柔說著，拉下蘇子琳錯愕的手，往跑來的方向開始走去。

蘇子琳淚流滿面，她跟著惜風往前走，跟著是小跑步，這麼空曠的地方只剩她們兩個人而已！

「他們已經上船了吧？」她哽咽起來。

「或許吧。」惜風沉靜的望著前方，「但是賀濴焱不會。」

蘇子琳有點詫異的瞥了惜風一眼，「為什麼妳知道那個人不會走？」

惜風回眸，無奈的聳肩。「我也不知道，但是我相信他不會走。」

那是莫名其妙的信任感，她全身上下每一個細胞都這麼相信著。

與賀濂焱是萍水相逢，但從第一次見面起她就覺得那是個很特別的人，他的過去、他經歷過的一切，乃至於現在的他，都讓她在意。

她曾為他的傷痛而難過，也曾同情他的經歷，賀濂焱這個人對她而言，是個很特別的存在。

之前在日本意外被丑時之女詛咒時，他不遠千里來解救她，就因為他們在台北二度相逢，她違反死神的告誡，阻止他走上山崩的高速公路。

這一次莫名其妙被下了咒術印記，他也二話不說的陪她到韓國解決這件事情。

如果他會棄她而去，他一開始就不會陪她來。

無關男女、無關愛情，她不懂自己與賀濂焱之間牽繫著什麼，但是她很信任這個人。

「惜風，」蘇子琳的叫喚打斷了她的思路，「我真的很開心又能這樣跟妳一起。」

惜風微微一笑，有人說過，真正的友誼是歷久彌新的，她跟蘇子琳之間或許就是如此。

「如果能離開這裡，我們再一起去玩！吃火鍋、唱歌……」

惜風瞥了她一眼，無法立刻給她答覆，只是擠出一抹苦笑。

她們往前奔馳，沒有幾秒就看見了其他人。

惜風不由得綻開笑顏，跑在最前面的，果然就是賀濡焱！

「妳們兩個！」他跑到了跟前，氣急敗壞。「左右分不清楚嗎？」

「對、對不起！一定是我聽錯了！」蘇子琳趕緊插話，「我想不起來崔珍萱說左邊還是右邊……」

賀濡焱不客氣的瞪著她，惜風扯扯他的手，搖了搖頭。「在生命威脅下，子琳沒有辦法理智。」

「對不起！真的是我不好！我亂聽就亂跑。」蘇子琳慌亂的眼淚撲簌簌的掉，「應該讓惜風聽的，她好冷靜。」

因為她一年到頭都在死亡的威脅下，不知道什麼是「最美的時刻」，永遠準備好迎接死亡。

「好了，妳沒事就好。」他拉起她的左手，掌心向上。「喂，該回家了！」

惜風困惑極了，才在想回什麼家之際，就看見賀濡焱身上彈出熟悉的紅影，紅影裡裹的白光，在半空中倏地分離，緊接著紅影再度沒入賀濲焱體內，白光則竄回她的掌心。

惜風倒抽一口氣，「這什麼？」

「崔承秀的靈體，我剛讓她暫時寄宿一下！」他說得從容不迫。

「你……你可以讓鬼魂隨意附身？寄宿？」她很訝異，這簡直像是旅館吧？「這是允許的嗎？你身體裡那一堆靈魂都是寄宿者嗎？」

除了紅影外，多的是靈體，她親眼看過！

賀濲焱挑起嘴角，那笑容有點複雜，但是卻沒有回應。

惜風有些懊惱，直覺告訴她，任眾多鬼魂寄宿在人體內，並不是好現象！才想追問，卻看見賀濲焱身後陸續奔來的身影，讓她的臉色逐漸泛白。

「這是……」她望著氣喘如牛的郭佳欣，得由全書海扶著才能站穩。「為什麼佳欣沒上船？」

賀濲焱回首掃了她一眼，「我不管她。」

郭佳欣喘到半天說不上話，但事實就是船已開走，所有人都留在南怡島上；現在島上只剩下原始的住戶，觀光客跟小販生意人都已經離開了。

戰爭即將開始，每個人都心知肚明。

些。

尹敏兒建議再往前走，天色快暗了，後頭勢必有追兵，還是往密林深處走會比較好

「你們跟著我，不代表我會說些什麼。」惜風把話說在前頭。

「我們必須帶妳回去，這是任務。」全書海說得理所當然，所以他們得跟到底。

即使犧牲了同伴也一樣。

「有夠堅持的！」賀濎焱話裡帶著的是讚許，「這邊的地形你們熟嗎？」

尹敏兒皺起眉，看來面有難色。「這一帶……再往前是禁地！從小就被禁止踏入的地方，我們一跑就失去了方向感。」

「那正好，死馬當活馬醫吧！」賀濎焱邁開步伐，決定往不知名的林間深處走去。

既然是禁地，說不定那些人不敢追上來。

沒有船、沒有出口，狐族展開追捕，為了「釋放」惜風身體裡的九尾狐；問題是，如果崔承秀真的是九尾狐，那她應該以活人之姿現身，而不是潛藏在她的左掌心裡。

現在的他們無處可去，賀濎焱寧可漫無目的的走，也不願意讓尹敏兒帶走惜風，在這個島上，九尾狐無法見容於這兩個家族，理由一堆，但最終都將置惜風於死地。

郭佳欣喝了幾口水能說話後，也不清楚自己為什麼沒上船，但是她看著大家跑也就

跟著回頭跑，說到底是無法放下同學，自己逃命去；話說得很勇敢，結果一路上開始悶聲啜泣，黑暗、厲鬼、屍體其實都叫她害怕。

五點鐘，天色漸漸暗去，他們也快看不清楚四周了。

「那邊好像有個地方可以坐！」蘇子琳眼尖，看見一處空曠，背後卻是山壁。

「你們在這裡等著，我去看一下。」賀瀛焱打算先去探路。

「我跟你去。」惜風連忙拉住他，沒道理讓他一個人面對危險。

結果惜風一說要跟，尹敏兒跟全書海自然黏著，剩下郭佳欣跟蘇子琳怎麼可能落單？到最後，又是一塊兒行動了。

賀瀛焱也很無力，但既然阻止不了也沒辦法，他自然的緊摟著惜風，只管負責自己跟她的安危，其他人自求多福。

來到所謂的空地，其實還不小，這兒的樹林更稀疏，賀瀛焱從來就不喜歡林子，不管什麼偶像劇在這裡拍、或是多美都一樣！他臉上帶著厭惡，更討厭身在其中。

惜風的右手也自在的環著他，拉著他的外套輕輕的扯動，似乎知道他在想些什麼；他們再往前幾步，林子稀疏之處形成一片可以坐的地方，附近暫無怨鬼蹤跡，充其量只是幾隻浮遊靈在飄蕩，年代久遠到自己是誰都不太清楚了。

雖然大家都穿著羽絨衣，但不代表能在戶外撐太久，賀濂焱要求大家幫忙收集殘雪，他需要大量的水用以架設結界。

他以休息點為圓心，在最遠的地方畫了個半圓，漸進式的畫了三層防護，萬一貪吃的厲鬼來襲，才能給大家逃跑的空間與時間。

緊接著收集乾柴把木頭堆起來，由賀濂焱負責生火，他生火的方式讓所有人咋舌，因為他只是把打火機置到柴薪中間，一瞬間大火就燃上了整堆木柴，連吹氣都不必！

「你果然很厲害！」尹敏兒讚嘆般的說著，「連結界都會設！」

「你們也很厲害，竟然什麼都不會！」賀濂焱還沒時間好好問問這獵狐族的人，「所以你們是用捕獸夾抓九尾狐嗎？」

蘇子琳暗暗瞥了惜風一眼，這個男生說話超不客氣的耶！

「我們……也不知道。」全書海語氣充滿無奈，「從我們有意識起，就被教導以獵狐族為傲，為了斬殺九尾狐而生存。」

「可是我一直覺得，我們根本是被九尾狐制約的人！因為崔承秀想到台灣去留學，她學中文，我們這一輩通通都要學中文，還要跟著她一起轉學，去監視她的變化。」尹敏兒雙手抱膝，說得有些義憤填膺。「我都不知道到底是我們厲害，還是九尾狐厲害了！」

「敏兒！」全書海低叱著，彷彿她在說什麼不敬的話。

「本來就是！我只想到首爾去！我不想念什麼台灣的學校！」尹敏兒才不理全書海的喝止，繼續抱怨著。「連賀先生都說了，我們身為獵狐族，什麼都不會，連鬼都看不見，怎麼獵殺啊？」

「說得真好，連厲鬼都看不見，要怎麼解決妖？」這是賀濡焱最無解也最無力的，「既然是獵狐族，沒有什麼靈力的訓練嗎？」

他們兩個不約而同的望著賀濡焱，然後尷尬的搖了搖頭。「如果有的話，召成也不會這麼容易就死了，我們只有練武術而已。」

「真好，用跆拳道斬妖除魔嗎？這倒新鮮！研發成功時跟我說一聲！」賀濡焱沒好氣的望著他們，這獵狐族現在跟郭佳欣她們沒兩樣，都是累贅。「那有沒有確切可以對付九尾狐的方法？」

只見尹敏兒跟全書海兩人面面相覷，蹙眉沉思，似乎對於賀濡焱的問題一時也無法有個詳細的解答。

「總有教吧？除了什麼刀子外，遇到九尾狐時，你們該怎麼辦？」惜風也有點不明所以，這樣也能叫獵狐族？

郭佳欣可是越聽越怕，她們來到不得了的地方，捲進可怕的事情，結果有一派自稱以殺死九尾狐為己任的家族，竟然對於如何解決妖類一問三不知？

這種事難道要船到橋頭自然直嗎？

「因為他們會在九尾狐形成前殺掉對方，所以根本不需要教！」

黑暗中冷不防的傳來女孩怪腔調的中文，使得一票如驚弓之鳥的人們忍不住發出驚恐的尖叫聲！

賀瀫焱手裡不知何時持著匕首，惜風也瞬間被他拉到身後。

尹敏兒跟全書海這時就顯示出受過訓練的模樣，他們沒有閃躲，而是擺出防禦姿勢，這時賀瀫焱才定神發現，全書海手裡拿著鐵棍，尹敏兒則是迷你型的十字弓。

聲音是很近，但是沒有燈火，只聽見足音在落葉上沙沙作響，一直到來人靠近了火堆，才看清她的樣貌。

「居然通通沒上船！你們真的很誇張！都不怕死嗎？」崔珍萱揹著背包，帶著不悅現身。

她邊說，邊把肩上的背包扔下來，在黃土地上撞出一陣沙塵。「枉費我冒險帶你們找出口，你們到底在搞什麼？」

「對不起……」蘇子琳囁嚅，「都是因為我跑錯邊了。」

「跑錯？都說左邊了還能聽錯嗎？」崔珍萱氣急敗壞，自然坐下的她，看起來比他們還緊張。

「我——」

「別說了，我不想討論無用的話題。」惜風阻止蘇子琳的自責，「妳怎麼知道我們在這裡？」

「她有嚮導吧？」賀潔焱冷冷一笑，「終於出現一個有用的人，她也看得見魍魎鬼魅，崔承秀及其他清醒的鬼就是她的嚮導。」

崔承秀？惜風立刻看向自己的左掌心。

這一瞧，讓身邊的尹敏兒瞪大雙眼，立刻不客氣的抓過惜風的手，戰戰兢兢的望著。

賀潔焱確定無礙的狀況下讓他們動作，因為他也想知道惜風掌心上的文字是什麼意思；只見全書海湊了過來，兩個人臉色誠惶誠恐，韓語在空中交雜，連崔珍萱都不悅的嗤了聲，可還是湊過來看。

賀潔焱手裡的匕首沒有一刻放鬆，他緊握著也打量著。

角落縮著的郭佳欣跟蘇子琳知道那是另一個世界的事情，她們只能適時的添薪加柴，誰也沒想過來《冬季之戀》的南怡島觀光，會落到這般下場，在荒涼的夜晚，承受隨時被噁心怨鬼攻擊及殺戮的可能。

「封印靈魂的咒語。」尹敏兒皺著眉，「可能是封印九尾狐的咒法，我在書上看過。」

「那是什麼？」賀濡焱開口問了。

「這是怎麼來的？」全書海極為好奇，他也真的只在書上看過。

惜風看了賀濡焱一眼，他頷首表示同意說出。

「你們不是知道崔承秀跟我接觸過嗎？我撞上她，她幫我擦掉身上的奶茶時，我把她的手拿開……」惜風直接示範，拉開尹敏兒的手。「就像這樣的幾秒碰觸後，我手上就有了這些文字。」

「是妳把她的手拉開？不是崔承秀故意找妳的？」全書海訝然，這跟他們的推測不符。

「是承秀選擇惜風。」久不語的崔珍萱終於開口，「她知道你們在盤算什麼，所以在跟惜風接觸時，就把靈魂移進去了。」

惜風無奈極了，意思是說她不應該挪開崔承秀的手？還是說她應該走路看路？

「那你們在盤算什麼？」賀濔焱轉向全書海，「在九尾狐形成前殺掉崔承秀？」他緊接著看向惜風，「妳知道嗎？」

「嗯，崔承秀當時擦掉我的眼線，所以我看見了她的死相。」惜風語出驚人，但是大家聽得有點模糊。「我知道她二十四小時內就會死亡。」

「啊？」郭佳欣有點錯愕，「妳……知道崔承秀什麼時候會死？」

「嗯，我可以看見人的死相。」惜風說得稀鬆平常，「看見人們死亡時的樣子，人只要一露出死相，二十四小時內必定身故。」

蘇子琳瞠圓雙目，渾身不自住的顫抖；郭佳欣嘴巴張得大大的，惜風在說什麼？她的同學可以預知人的死亡！

那她們——

「我……我……我會死嗎？」郭佳欣緊張的問著！

惜風笑了起來，「我現在選擇看不見，封住看得見的能力。」

她不喜歡看見熟人的死相，眼線剛剛在浴室裡時還補了一次。

「天哪！惜風，妳是……」蘇子琳一臉不可思議又帶著恐懼望著同學，與郭佳欣兩人緊緊相擁。

「所以崔承秀是你們殺的嗎？」賀濡焱懶得理局外人，回首繼續問全書海。「你們那群韓聯社的人？」

全書海別開了賀濡焱質問般的眼神，尹敏兒也低垂下頭。「那是——責任。」

「還毀屍滅跡對吧？我看見的崔承秀身上像是被強酸強鹼腐蝕過。」惜風盯著手掌心看，都說到這分上了，崔承秀的靈魂卻尚未現身。「這就是崔珍萱說的，在形成九尾狐前，就先殺掉對方？」

崔珍萱緩緩點著頭，凝視著尹敏兒他們。

「這是宿命，先祖們造成的命運，後輩們從小就被灌輸也無力反抗，每一代都重複發生這樣的事。」崔珍萱回到背包邊，把背包拉開，裡面竟是水跟乾糧。「就算他們不殺，我們族人也會動手。」

賀濡焱主動上前幫忙分發食物，裡面都是樂天食品，光小熊餅乾就讓女生們雙眼一亮。

不過崔珍萱說的可令人費解了，獵狐族的追殺就算了，自己人還搞殘殺？

「跟那些女性亡靈有關對吧？」剛剛在地窖走一圈，惜風多少有體悟，剛剛有個年輕女子的亡魂說，她之所以被殺死，就為了證明自己是九尾狐！

「嗯，我們族人堅信自己是靈力高強的九尾狐血脈，每年都會有巫師占出哪一年生的女孩是九尾狐，大家就在看顧下長大，由大人們觀察誰才是九尾狐。」崔珍萱幽幽說著，卻帶著淺淺笑意。「有時甚至會占出遠在首爾或是釜山的遠親，有時又說九尾狐因厭惡那個軀體而轉移……太多太多的說法，所以大家只尋求一個簡單的方式——」

殺掉那個女孩。

只要她能死而復生，就是九尾狐的轉世。

「這太可笑了！你們一邊自稱是血脈傳承，一邊又在等九尾狐轉世成人？一代一代的等？」賀瀟焱從一開始就覺得這說法荒謬得誇張。

「很多事是旁觀者清。我們族人認為我們承襲了久遠以前九尾狐的血統，但死去的真正九尾狐靈魂會再轉世回來我們這一族。」崔珍萱語意裡其實藏著不以為然，「很多女孩不是被餓死、就是被打死、也有被凍死的，都在地窖裡進行，死了就扔進水裡，期待復活。」

賀瀟焱想起卡在水道上的衣服，原來是水流屍勾上的。

「那些怨鬼懷抱著恐懼與執念而死，她們醒來成了亡靈，卻誤以為自己是九尾狐，所以才拚命的想食人肝臟！」

崔珍萱哀戚的點著頭，「因為傳說九尾狐必須食用一百個人的肝臟，才能變成人，那些死去的女孩們因為殺生與執念，逐漸成為嗜血的厲鬼，她們在等待變成人的那一天。」

現場瀰漫著悲哀的氣氛，就連尹敏兒也對聽見這樣的故事感到不可思議，她沒想過原來狐族是這樣檢測族人是否為九尾狐轉世，更沒想到地窖裡那些厲鬼其實全是受到思想灌輸的無辜者！

「可是，這樣你們的女生不會被殺光嗎？」郭佳欣戰戰兢兢提出了她的疑問，「每個都殺掉，又沒人復活……」

「我們當然會預防這樣的情況產生，多久殺一次是固定的，否則會導致人口數減少。」崔珍萱深吸了一口氣，「其他就是大病未死的人能免於劫難，崔承秀因為六歲時的死而復生，所以免於再次被殘殺的命運，但卻因如此，引來金兆成他們的格殺令。」

「為什麼早不殺晚不殺，非得等到台灣再殺？」賀澔燚吃著洋芋片，懶洋洋的問著。

「因為崔承秀威脅到了我們家族。」全書海的聲音低了好幾度，「爺爺他們說不能坐視不管，因此下了格殺令！」

尹敏兒忽然用力捏碎手裡的小熊餅乾，一雙眼燃燒著忿怒。「什麼叫威脅，根本是胡扯！」

「尹敏兒！」全書海用韓文大叫著。

「就只是想在一起而已，誰錯了！」尹敏兒也不客氣的回以大吼，「要不是監視崔承秀，也不會搞成這樣！」

因為是用韓文吵架，所以空氣中一堆聽不懂的語言，賀濤焱選擇看向崔珍萱，而刻意不向惜風求救——他不想讓別人知道惜風聽得懂。

可是崔珍萱卻露出訝異又痛苦的神色，緊緊閉上雙眼。「原來，原來……」

她用韓文喃喃唸著，像是在說悼文般的口吻。

「我不喜歡你們用韓語交談。」賀濤焱說得直截了當，「這會讓我覺得你們意圖算計我們。」

「金兆成是下一任的獵狐繼承者，他帶領我們到台灣去監視崔承秀，可是他們戀愛了！」尹敏兒怒氣沖沖的轉過來喊，「就只是戀愛而已，到底有什麼了不起？」

哇！賀濤焱挑了挑眉，老實說，依照他們兩家這種幾百年根深蒂固的觀念，這是很嚴重的事！

九尾狐是專吃男人肝臟的妖怪耶！獵狐者跟九尾狐喜歡彼此，這當然是大事啊！

「尹敏兒！」全書海用位階高的口吻喝令她閉嘴。

「我受夠這些東西了，我想要自由的生活，大家都說什麼獵殺九尾狐，問題是誰看過了？大家在為沒看過的東西亂殺人，葬送自己的人生！」尹敏兒氣急敗壞的跳了起來，「我們殺人，他們也殺人，然後呢？就像賀先生說的，我們根本什麼都不會，只是維持那個空殼名字而已！」

「尹敏兒——」全書海立即跳了起來，二話不說就賞了尹敏兒一巴掌！「兆成現在昏迷不醒，妳怎麼能說這種話！」

「哇！」蘇子琳她們嚇了一跳，忍不住細叫一聲，怎麼這麼粗魯，說打人就打人啊！惜風也立即站起，站到尹敏兒身邊去。「你沒資格動手打人！」

「這是我們家的事情，尹敏兒，過來！」全書海威嚴十足。

「我討厭男尊女卑。」惜風擋住尹敏兒的去向，「你剛剛說金兆成昏迷不醒，又是怎麼回事？他到底生什麼病？」

她當然記得金兆成，那個在走廊上暈倒的學生。

「他意識不清，一直處於昏迷狀態，長老們說是妖狐的詛咒！」尹敏兒低泣著，「所以……才要處決崔承秀！但是她都死那麼久了，金兆成還是沒醒啊！」

換言之，崔承秀是九尾狐這件事，有可能是胡說八道！

惜風可不這麼認為，崔承秀是不是九尾狐這件事說不準，但至少她是個有力量的女生，才能夠在她左手掌上烙下封印靈魂的咒術，進行移轉。

「她是頭腦清楚的人，你們兩家卻都一樣愚昧，獵狐族根本什麼都不會、自稱是九尾狐的既沒有妖力又連個鬼影子都看不見，只是自我虛榮的一個稱謂而已。」

尹敏兒摀著臉，嗚咽的哭了起來，她念了很多書，在台灣三年的時間領悟到很多事！最清楚的就是他們根本不是什麼高深的巫系獵狐族，崔承秀家族也不是什麼厲害的妖狐之後，這都只是自以為是罷了。

這是源自數百年前的政治迫害，她查過歷史，在久遠以前一度曾有政治衝突，說不定他們的祖先為了迫害崔承秀的祖先，才羅織罪名，時日一久，他們就真的以為自己是天生有法力的人，而被迫害的家族意圖復仇，扭曲的想法也導致他們等待九尾狐轉世、殘殺復仇的那天。

這種想法禍延數代，一直到今天為止。

「但是沒人能知道該怎麼辦，每七年還是會有一次屠殺，事實上我們族人的自相殘殺，遠比獵狐族系的追殺來得可怕。」崔珍萱也是清醒的人之一，「地窖裡的厲鬼是累積數百年的怨魂，沒有人吃到一百個肝臟，卻因此變得更加猙獰，毫無人性。」

「活著的女人們呢？也吃肝臟嗎？」賀濡焱沒有忘記那屍體山。

崔珍萱面有難色，而全書海他們則瞪大雙眼。

「有些當權長者會生食肝臟，因為她們認為自己是擁有強大血脈的人，必須生吃男人肝臟才可以維持靈力。」

「妳是說今天我們見到那幾個女人嗎？」賀濡焱嗤之以鼻的哼了聲，「我沒有感受到任何靈力，我在妳們那邊，只感受到龐大的瘴氣與陰氣！」

「但是她們把怨鬼作祟當成一種顯靈。」崔珍萱幽幽的說著，「這是誰也阻止不了的事情，所以她們現在要殺掉惜風，釋放出九尾狐，讓九尾狐可以寄生在我們族人的身上。」

「誰能確定那裡面是九尾狐啊？」蘇子琳忍不住發出不平之鳴。

「沒有人。」崔珍萱搖了搖頭，「但這不是她們在乎的！就像你們說的，幾百年來沒人見過九尾狐都能演變至此了，誰管她身體裡的是不是真的九尾狐！」

遠遠的，火光沖天，喧譁聲隱隱約約傳來。

「來了。」賀濡焱深吸了口氣，「我們得再往下走。」

「我討厭逃。」惜風受夠了，「崔珍萱，妳能幫我引薦所謂下一任的繼承者嗎？我想跟她談談！」

賀濡焱在須臾數秒間熄了火，眾人來不及讚嘆，就被催促著往前走。

「我不想跑！這島多大，我們能躲多久？」惜風不依的望著賀濡焱，「直接找到九尾狐家族的下任繼承者，跟她談清楚。」

「沒有用的，我也是身不由己。」

咦？惜風跟賀濡焱雙雙圓睜雙眼，他們望著彼此，接著滿臉不可思議的側首看著站在他們身邊的崔珍萱。

她——身不由己。

「是妹妹！」尹敏兒驚呼出聲，「妳是崔承秀的妹妹，下任的九尾狐！」

電光石火間，賀濡焱將惜風火速拉離崔珍萱身邊，未曾鬆手的匕首往前比劃——原來她還真的是崔承秀的親妹妹，他原先以為她叫崔承秀大姊只是敬稱！

「我還在想辦法，你們快走吧。」崔珍萱望著刀子，卻從容不迫。「往東北邊去。」

她指向某個方向，然後倏地回身，因為瘋狂的尖叫聲正從地底蔓延上來——那些厲鬼湧來了。

「走！」賀濂燚大喝著，遠遠的可以看見動作迅速的厲鬼如飛兔般在林間跳躍，銳利如爪的指甲靈活的攀附在樹上，迅速的跳動，終至觸及他設的最外層結界而反彈、摔落！

蘇子琳嚇得摔倒了又起身，踉踉蹌蹌的扣著郭佳欣，相互扶持著往前直奔，她們好怕後面那些尖笑聲喔！那表示有好可怕的怨鬼在後面，想要吃她們的肝臟啊！

「去我們那裡吧！」全書海大聲喊著。

「有屁用啊！」賀濂燚厲聲回吼，「真這麼強，先把後面那堆想吃你肝臟的厲鬼解決再說！」

什麼都不會，還敢在那邊大放厥詞！

難道就靠一把傳說中的刀子？媽呀！那還不如他試著跟這片土地的神明借業火比較快！

五個人朝東北方狂奔，後頭的火把越來越近，惜風被賀濂燚緊緊牽握著，她厭惡逃跑，卻不能不逃。

這從頭到尾，根本都不關她的事啊！

「停——」賀濂燚突然間大吼一聲，戛然止步，惜風來不及煞車，直直撞進他懷裡！

每個人幾乎都是緊急煞車的，重心不穩的搖晃著。

「怎麼？」尹敏兒喘著氣問，她每根神經都緊繃著，吐出白霧般的氣。

「又來了。」賀瀮焱仰望透著光藍色的夜空，剛剛有瞬間他覺得自己穿過了某個屏障，空間的密度改變了。

唯有常常身處在瘴氣與結界中的他，才有如此敏銳的感受。

「又是霧……」惜風知道這個感覺，每一次出現濃霧時，都像進入另一個空間。

這道霧像是障眼法一樣，似乎使得追殺聲消失了，連厲鬼的尖笑聲也不再，他們站在冰寒的大地上，發現地上是濕潤的，大地只剩下風吹過枯葉時沙沙作響，以及若有似無的水聲。

「這是狐霧。」賀瀮焱小心翼翼的拿出手電筒，帶領大家往前走。「傳說中狐妖們使用的障眼法，為了保自己平安。」

滴答……滴答……滴答……滴答……

就在不遠處，有著滴答水聲，賀瀮焱要所有人後退，他只靠手電筒，不操縱火燄，是因為他感受得到，這裡還有別人。

不，是別的「東西」。

手電筒在黑暗裡的照耀最嚇人，蘇子琳跟郭佳欣兩個人抱在一起連看都不敢看，就怕手電筒照到了可怕的東西。

惜風拉著賀瀟焱的外套，手電筒的燈光停在葉子上。

水滴是從葉子上滴落的，融化的雪成了水，順著葉脈滑落。

賀瀟焱眼前有一池黑潭，在夜裡深不見底，水珠在上頭滴成漣漪。

不過，他知道這不是湖。

是沼澤。

崔承秀當年死而復生的沼澤。

第八章・黑潭

映在賀濂焱眼裡的黑潭上，有著數不清的白色靈魂，他們載浮載沉，有的還穿著古時已腐爛的傳統韓服，甚至不清楚自己漂浮在潭裡。

這片沼澤看來吞噬了不少人命，環顧四周，沒有任何圍欄，一旁還有綠樹長草，一不小心自然就會摔落深潭。

「嚇死人了！這邊怎麼會有水？」蘇子琳不可思議的探身望著，要不是賀濂焱反應快，只怕大家就往前衝了。

「這沼澤有妖氣，大家小心一點。」賀濂焱將惜風往身後推，才想到叫後面那票人小心根本沒有用。

「九尾狐在此嗎？」全書海戰戰兢兢的問。

「不知道，但這是妖氣沒錯。」賀濂焱仰首看著樹葉沙沙作響，他們的確處在狐霧之中，就算不是狐，也是某種動物妖靈搞的鬼。

他轉過身，溫柔的執起惜風的左手。

「請她出來嗎？」她勾起淺笑，「可是我沒這個能力。」

「我有。」賀濡焱以左手扣住她的手腕，右手拿出打火機。「我保證不會傷到妳。」

無視於郭佳欣跟蘇子琳的倒抽一口氣，惜風反而微笑以對。「我知道。」

這讓賀濡焱也笑了起來，他輕鬆自若的按下打火機，一小簇火苗在出火孔跳躍，然後眼看著他就要將火燒上惜風的掌心——一抹影子倏地從她的左掌心竄出，就在火即將燒上之前。

其他人下意識發出一聲驚叫，再趕緊以手摀嘴，深怕曝露行蹤。

「我喜歡聰明的鬼。」賀濡焱讚許的說著，將打火機蓋子蓋上。

崔承秀帶著驚恐及微怒的神情現身，照理說她應該是個鬼影，但是現下在大家的眼中，卻跟人類一樣真實。

只是她不再全身赤裸，而是穿著傳統韓服。

「狐霧的關係嗎？妳在這裡頭比較沒有鬼的樣子。」賀濡焱打量了她一圈，若不是知道她已經身故，很容易誤以為她是活人。「而且妳還有空換衣服？」

『你想燒我？』崔承秀氣急敗壞的瞪著他。

「不這樣逼不出來。」他倒是沒什麼歉意，「剛剛這麼一大圈妳都不出聲了，我想妳似乎不打算管事。」

崔承秀咬著唇，她暗暗的瞄向一旁的尹敏兒跟全書海，他們顯露出的神情很複雜，在恐懼中帶著隱約的憐憫。

『我只想一個人靜靜的。』她在樹蔭下，旋身看向身後的沼澤。『我沒想到你們會來到這裡……』

「這是當年妳掉下去的沼澤嗎？」惜風淡然的問著，在這裡真安詳，她連厲鬼的尖叫聲都聽不見。

崔承秀緩緩點頭，她蹲下望著那片沼澤，晶瑩剔透的淚水滾了出來。

『十幾年了啊……』她幽怨的說著，潸然淚下。

腳步聲趨前，尹敏兒可是鼓起勇氣才敢上前的，她手裡還是緊握著迷你十字弓，戒慎恐懼的望著近在眼前的崔承秀。

「妳少接近她。」只是還沒來得及靠近，賀濡焱手臂一橫就擋住了她。

「對不起，我只是想跟她道歉！」尹敏兒嚇了一跳，賀濡焱的氣勢總是輕而易舉的壓制她。「我是不得已的！」

崔承秀聞言，幽幽的轉過頭去望著她，這讓賀濡焱也相當謹慎，現在的一鬼一人，若說崔承秀對尹敏兒有恨也是理所當然。

該擋或不該擋？他正在思忖，一點都不喜歡捲進這樣的事。

「妳的屍首在哪裡？」還沒想好，惜風就已經大剌剌的走過來了。「埋在學校裡嗎？」

她沒忘記出發前一天，在學校看見的異樣。

崔承秀沒有回答，只是搖了搖頭，重新把身子轉向惜風。『對妳，我很抱歉……那是不得已中的辦法。』

「為什麼選她？」賀濡焱對這點很有興趣，惜風在他眼裡快成了詛咒傳說大磁鐵了！什麼事都會找上她！

『情非得已……我那時知道自己已經被盯上了，也知道他們下了格殺令！』崔承秀說得泣不成聲，『我注意到惜風的氣場跟一般人不同，她有很強大的保護，所以我……』

惜風至此不可思議的深吸了一口氣，「是妳來撞我的？」

崔承秀咬了咬唇，無言的點了點頭，滿心愧疚。

惜風無奈的嘆口氣，雖然她自己當天也有點走路沒看路，她絕對不會想到有這種事，結果她會吸引人是因為「強大的保護」嗎？呵……她不住輕笑起來，是啊，她的確有著常人無法敵的保護。

「我一點都不想殺妳，我想讓妳了解這一點！」尹敏兒激動的說著，眼淚跟著掉。「這是上面的命令，在旭一下令我們誰都無法抵抗！」

「尹敏兒！妳這個吃裡扒外的叛徒！」全書海氣急敗壞的走過來，眼看著一揚手要揮下——

結果不知哪兒冒出來的人硬是由後拉住他的手，還直接將他向後拽倒，義憤填膺似的！

惜風哇了一聲，看著郭佳欣跟蘇了琳兩個人聯手推倒全書海，怒火中燒。「幹嘛動不動就打人啊！當韓國男人了不起啊！」

尹敏兒原本都已經做好被打的心理準備了，這也不是一兩大的事，但看著衝上前的郭佳欣她們，反而有種窩心的感覺。

「這本來就是我們的宿命——」

「錯，這是妳們自己選擇的。」惜風冷淡的打斷，「妳都可以自己發現獵狐的責任是場笑話，為什麼不會質疑傳統教條的灌輸？都什麼時代了，女人之所以卑微，有一半原因是妳們自己造成的。」

尹敏兒仰首望向惜風，再忿忿的看著全書海，她懂惜風說的話，在台灣求學的過程中，雖然某些傳統觀念還是在，但台灣的女人比她們自由多了，更比身在獵狐家族的女人自由！

「崔承秀的屍體被丟在山裡，我們把她綁走，載到山裡殺害。」尹敏兒一口氣的說出來，像是在宣洩壓力似的！「埋在學校的是手跟衣服！」

不顧全書海在一旁大吼大叫的阻止，他正被郭佳欣她們擋著，連賀濡焱都站到前方去，以防他亂來。

「在旭用刀子砍下她的頭，我們再潑上強酸毀掉她的屍首，甚至分屍後再用垃圾袋包起來，外頭放了許多鎮壓的符咒，把她埋在深山中，風水上的死穴裡！」尹敏兒哭號著說，一雙淚眼望著雪白的崔承秀。「雙手跟衣服埋在學校，雙腳扔進海裡……」

崔承秀同步哭泣著，她雙手互絞，彷彿在回憶被殺時的疼痛。

但，這就奇怪了。

賀濡焱認真的打量崔承秀全身上下，一般來說，人死前的衝擊甚大，化為鬼魂後會以死狀現身，因為他們多半分不清楚死活之際，更別說是歷經痛苦而亡的人。

但崔承秀呢？在地窖裡現身時就是雪白跟乾淨的身體，現在也沒有任何被腐蝕過的痕跡，再怎樣頭跟四肢也不該黏在頸子上頭。

「你們太殘忍了吧？用刀子砍下人家的頭？」郭佳欣歇斯底里喊著，「為了這種莫名其妙的理由！殺人兇手！」

全書海緊握著雙拳，「這是上面給我們的職責，我們只是盡我們的義務。」

惜風根本懶得聽全書海說話，她逕自去問尹敏兒屍體掩埋的位置，回台灣後，她打算去報案。

賀瀮焱卻從剛剛起就默不作聲，因為崔承秀這樣的鬼太詭異，她不只意識到自己已經死亡，而且還具有改變外形的能力。

「妳本身就具有靈力嗎，崔承秀？」他想到崔珍萱，也是個有力量的妹妹。

崔承秀回眸，有些遲疑也有些顫抖。

「要不然妳不可能在死亡後這樣短的時間內，具有這麼大的力量，不但可以控制自己靈體的外形變化，甚至能夠擋下那群已經因嗜血而瘋狂的厲鬼。」賀瀮焱用著質疑的語氣，讓所有人的警戒心跟著樹起。

她只是幽幽的望著沼澤，重重的嘆了口氣。

『你們知道十五年前，我掉進這個沼澤後，發生了什麼事嗎？』她優雅的回首，凝視著賀濡焱。『你知道這裡存在著什麼嗎？』

「什──麼？」惜風狐疑的問著。

『關於九尾狐的傳說，你們還知道些什麼？除了生吃肝臟之外？』她又繼續問了，『所謂吃滿一百個男人肝臟就能化成人形這個傳說……是錯的！』

「妳說的……」蘇子琳怯生生的開口，「好像真的有九尾狐……」

剎那間，崔承秀笑了。

她漂亮的薄唇勾起笑容，雙眼都瞇了起來。

該死！賀濡焱冷不防的大步上前，硬是將離她太近的惜風給拉了回來！

『只吃一百個未免太容易了吧？是一萬個！』她咯咯笑了起來，『而且不限男人的肝臟，只要是活人的肝都可以！』

尹敏兒踉踉蹌蹌的站起身，一臉驚駭模樣，只要是人都可以──包括女人？

「但是，為什麼傳說是──」她不可思議的搖著頭，望向全書海時他也不解。

『那是因為另一個傳說……關於男人。』崔承秀並沒有妄想攻擊，只是靜靜的站著。『九尾狐收集到第九十九個肝臟時，遇到第一百個男人，她愛上了對方，因此決定放棄成為人的夢想……放過了那個男人。』

崔承秀的聲音相當清幽，聲音輕得像是浮在水上的葉子般，風一吹就會滑動，在這詭異的空間中，又帶了幾分哀戚。

「這傳說不合常理。」惜風突然間破壞了傳說中唯一的美好氛圍，「我如果是九尾狐，我會去找個陌生男人吃了他的肝臟，變成人跟我愛的那個人生活在一起。」

雖然基本上，她這輩子都不可能有談戀愛的資格。

「哼！笑話！」賀瀶焱倒是冷冷的笑了起來，「妳的說法根本不可能！因為妖就是妖，就算把世界上人類的肝臟都吃盡了，也不可能變成人！」

崔承秀忽然間緊緊的閉上雙眼，滾出晶瑩的淚水，虛弱的蹲下身。

『沒錯……你說得很對！就算吃了幾千萬個肝臟，也絕對不可能變成人！』崔承秀的聲音逐漸在改變，『所以當初九尾狐是因為很愛那個男人，才放棄繼續殺生，想跟對方白頭到老的！』

「妖怎麼能跟人在一起？」賀瀶焱皺起眉，又在說空話！「那個男人說起來也是不幸，跟妖生活過不了一年半載，只怕就會亡故吧！」

「為什麼？」郭佳欣聽得感動莫名，這是感人的愛情故事吶！

「嘖！不同族類怎麼生活？妖氣就足以侵襲人體，那個男的不死也剩半條命！」賀濔焱搖了搖頭，「所謂傳說就真的只是故事，聽聽就好。」

至於什麼幸福快樂的日子，根本過不了多久，人類的一方就會死亡！

風突然颳了起來，沼澤的水面開始震盪，崔承秀的哭聲越來越大，彷彿她受盡了委屈般的哭泣著。

賀濔焱帶著惜風步步後退，這風裡都藏著血淚，妖氣重重，隨著被風吹下的落葉飄零，每片葉子上似乎都沾染著血珠。

等等，他低首望著腳下的泥土地，竟然因為他們的重量，導致泥地上滲出了紅血！

「糟！」賀濔焱拚命拉著惜風往後退，「退！全部遠離沼澤！」

不！該說是這塊地！這整片土地都有問題！

『為什麼──我只是喜歡兆成而已！』崔承秀淒愴的站了起來，雙手半舉哀鳴著。

『為什麼！』

她的哭聲轉化為高分貝的尖聲，幾乎震耳欲聾，讓惜風不禁摀起雙耳，她覺得耳膜要破了！

「不……」蘇子琳也踉蹌的倒在地上，一摔上地，土裡的紅血因為她的重量濺了上來。「哇啊！哇——」

被狂風颳下的落葉如旋風般滿布天際，原本已經夠昏暗的地方現在根本看不見四周了，葉子跟強風逼得大家頭抬不起來也睜不開眼，賀濔燚將惜風緊緊勾進懷裡護著，這種情況最為棘手了！

到底為什麼——

『嘻嘻—肝臟耶！』

驀地，賀濔燚瞪大雙眼，他的正上方竟傳來噁心的笑聲！

他看著葉子紛紛落地，視線範圍內映著橘色跳躍的火光，剛剛那股清冽的狐霧登時消失了！

糟糕！他仰頭一瞧，剛好看見一隻佝僂匍匐的枯瘦女鬼筆直朝他跳下來——他們離開結界了！

只見賀濔燚伸手往臉上一抹，冷汗冒得夠多了，伸手就往即將覆上他臉龐的女鬼拋去，水珠如利刃，顆顆刺穿那女鬼的身子，他還得以手臂擋住噴出來的噁心鬼血。

立定重新旋了大半個身子，惜風莫名其妙的又被他旋到身後去，他們轉了一百八十度，看見的是大批人馬拿著火把跟手電筒，聚集在他們身後。

郭佳欣正拉著尖叫中的蘇子琳，她身上根本沒有血，但是狂亂不已；尹敏兒跟全書海僵硬著身子，望著身後那一大票人。

鐵定認識。賀瀮焱挑高了眉，看那陣仗之大，一大群人中間還分了楚河漢界咧。

「翻譯。」賀瀮焱低聲跟身後的惜風低語，只怕等等又是韓語交錯的時間了。

果不其然，惜風認得走上前的男生，是韓聯社的副社長——金在旭。

「你們在做什麼？跟著她那麼久了，還沒拿下她？」金在旭手裡緊緊握著一把刀子，一臉慌張。「你們知不知道兆成病危了！」

賀瀮焱望著他手上那柄刀子，不由得讚嘆。

金色的刀身周圍散發著金色強大的靈氣，只怕那就是尹敏兒口中的靈刀，他們居然有說對的地方，那把刀子是神物，毫無汙染的神器，有著龐大的力量。

基本上對禁區的說法也說對了，有時候傳說中夾帶著事實，多是人們將事實以傳說包裹，避免某些以身試膽者，例如這片林子跟沼澤是禁區一事，恐怕千真萬確，妖氣重到都滲進土裡了。

金在旭才喊完，身後一群人敬重的抬著一個臉色慘白的人走出，四人扛著木製的轎子，四根長木上有張椅，椅上半躺著昏迷中的金兆成，只要是同校的人都認得，郭佳欣不禁張大了嘴，因為金兆成看起來像是已經一腳踏進棺材裡了！

「兆成……」尹敏兒緊揪著衣服，像是沒想到金兆成已經成了這模樣。

賀濎焱瞇起眼，望著擔架上的男孩，臉色發青，印堂發黑不說，全身上下妖氣重重纏繞，身為人的生氣所剩無幾，三魂七魄只是勉強被壓制在體內罷了。

「活該！這是九尾狐對你們的懲罰！」另一邊的女人們倒是笑了起來，「你們迫害我們這麼久，現在九尾狐就要降臨，你們等著被滅絕吧！」

惜風逐字翻譯，她還聽得懂，就表示崔承秀又回到她掌心了。

一聽完她的翻譯，賀濎焱又是一蹙眉，看來矛頭要指向惜風了，真是群腦子有洞的傢伙，不知道要怎麼才說得清啊！

不過呢，現在這一刻，很多事他倒不那麼斬釘截鐵了。

「九尾狐就在那個女生體內，是承秀臨死前拚命護住的！」女人們叫囂著，個個手裡拿著長刀。「我們要解放九尾狐！」

「卑鄙奸詐的妖類才會使這種小計，原本以為殺了崔承秀後，兆成就會安然無事，想不到竟然移轉了靈魂！」金在旭舉起手裡的刀子，「我們不會給你們任何機會，斬下那個女生的頭！」

我？惜風指了指自己，雙目圓睜。

郭佳欣跟蘇子琳根本啥都聽不懂，但她們知道來勢洶洶的殺氣，還有最前頭的尹敏兒跟全書海，緩緩轉過來的詭異眼神。

「他們在開玩笑嗎？」惜風竟然冷冷笑了起來，嗤之以鼻。「想殺我？」

「至少妳會痛。」賀濡焱二話不說，拉著惜風旋身就狂奔。「跑了啦！妳們兩個！」

「哇啊！」郭佳欣她們跳了起來，趕緊跟上，身後的尹敏兒跟全書海根本不管她們，他們目標是惜風。

就算不甘願，就算身不由己，他們兩個人怎麼能抵擋家族的力量呢？

樹林上頭有著與他們同步奔跑跳躍的聲音，死不透的女鬼們不住的瘋狂叫囂，她們並沒有立刻跳下來攻擊，反而是一直跟著他們跑。

這不是好現象，因為那群自以為是九尾狐的厲鬼們，只怕讀出了他身上異於常人的靈光——罕有的東西總是比較珍貴，一如吃他的肝臟可以增加修行這種亂七八糟的想法，鐵定在那些單純的頭腦裡醞釀著！

「不行！我們不能跑在一起！」賀濡焱忽地鬆手，把惜風往郭佳欣身邊推。「妳們往左邊跑！」

「咦？」郭佳欣整個人都慌了，「跑去哪啊？」

沒有賀潻燚，她們根本不敢輕舉妄動啊！

「直直跑就對了，崔承秀在，應該還不至於怎麼樣！」他邊說，邊往右邊奔去，將隨身的手電筒扔給了郭佳欣。

有崔承秀在才可怕吧？郭佳欣如喪考妣的臉色道盡一切，但來不及喊什麼，賀潻燚就直直往右奔去，頭也不回，樹頂上的震盪也瞬間往右直劈而去。

郭佳欣邊哭邊打開手電筒，一回身才發現蘇子琳跟惜風早就逃到不見蹤影了，連尹敏兒他們都在她前面直追惜風而去了！

郭佳欣拔腿狂奔，後頭還有一大票舉著火炬拿著刀子的傢伙。

這是什麼爛旅遊啦！嗚！

「停——」來到岔路口的人們來不及追上前者，但是確定兩條路上都有人。

「九尾狐的使者往右邊去了！」自稱九尾狐血脈的家族決定遵照「使者的顯靈」，一大票女人往右疾去。

因此，自詡為獵狐族的人們跟著往左奔去，擔架上奄奄一息的金兆成跟著震盪，他微微睜開雙眼，就在林間瞧見熟悉的身影——承秀。

命運彷彿在這個岔口分開了，賀濔焱直直往前奔跑，他知道聚集的厲鬼越來越多，他體內的守護靈正一一排除不停躍下的厲鬼們，守護靈們知道，要爭取時間。

爭取回到原點的時間。

幾乎是繞了一大圈，賀濔焱還是憑藉著妖氣的散發，從另一個方向回到了深黑的沼澤地帶！

還有什麼地方，能比這沼澤裡的水還要更多、更毒，甚至妖氣更重呢？

「嘎——」彷彿察覺到這裡有鬼似的，狂奔中的厲鬼們忽然都停了下來。

她們有的依然攀在樹梢，有的跳上了地，每個變了形的女人都齜牙咧嘴的望著賀濔焱，一副貪婪渴望的模樣，凝視著他肝臟的位置。

「小姐們，基本上我只有一顆肝臟，這麼多人該怎麼分呢？」他微笑著，知道語言不通。

『靈力好強的人吶……這男人的肝力量一定特別大！』厲鬼們紛紛舔著自己長長的指甲，裡頭還有著殘餘的鮮血或是腐敗的肝臟組織。『只要吃了它，我們就可以變成九尾狐了！』

賀濔焱冷冷一笑，伸長了右手硬是在半空中揮舞，像是把什麼東西攬進身子裡。

「全部都躲好了。」他低語著。

然後，回眸朝沼澤一瞥。

「出來吧！我知道有人在！」

他厲聲一吼，身後的沼澤水勢登時如噴泉般向上衝，彷彿倒流的瀑布般衝上了半空中，卻又霎時靜止。

賀瀟焱的雙手高舉，似投降狀，身後濃黑惡臭的水一滴水珠都沒滴落，就此懸著。

再兇的鬼，也該知道鬼無法跟妖鬥。

剛剛個個摩拳擦掌的女鬼們變了臉色，她們步步後退，每隻鬼都如同爬行動物一般，四肢在地上匍匐向後。

「該告訴她們，誰才是九尾狐了吧？」賀瀟焱漠然的望著眼前一大票，數百年來的怨鬼們。「妳們就算殺盡了人，也絕對不可能變成九尾狐的——」

左手一彈響指，那靜懸不動的水忽然再往空中衝去，並且形成一道大水瀑，朝著一大群怨鬼而去。

水的前頭，化為狐狸首，張大了嘴在咆哮。

『怎麼可能——我才是九尾狐啊！是我！』

『不——只要吃了那個男人，我就可以證明我是九尾狐了！』

『明明我才是啊！給我機會讓我證明——』怨鬼們爭先恐後的一邊喊著一邊逃亡。

賀灝焱聽不懂她們在說什麼，但是從她們恐懼的眼神，以及那種像是在辯駁的模樣，可以判斷她們無法承受事實！因為她們從出生直至死亡，都被教導自己可能是另外一個人。

而自己也深深的認為自己該是另外一個人。

沒有為自己活過任何一天，連死後的靈魂也無從升天，留在這世上殺人造孽，豁出一切就是要成為另外一個人。

很悲哀的人生，儘管是不得已，儘管非自願，但錯就是錯了。

只要犯下了錯，無論什麼理由都無法饒恕。

他沉下雙眸，知道沼澤裡的東西會親自結束這些女人可悲的一生，她欠缺的只是一股助力。

不知道為什麼，這片土地的妖氣逼近沉睡，像是剛自冬眠中醒轉的動物，還來不及發揮全力。

或者說，他覺得是刻意不想發出全力的。

帶著腐臭味的沼澤之水化成的狐狸頭張大嘴巴，大口吞噬掉逃竄的厲鬼們，有不少聰明的厲鬼分往兩旁的樹上竄逃，賀瀮焱眼睛一瞟，狐狸頭的水柱迅速分成數條細水柱，每個水柱前端再化成狐爪，一一將竄逃的厲鬼們攫抓而下！

被抓取而下的厲鬼們掙扎萎縮，一一被扔進狐狸的大口裡，賀瀮焱怎麼算都覺得這只是一部分的厲鬼，應該還有一大票在地窖裡，不過，能先解決多少算多少。

火光逼近，黑色的狐狸頭剎那間飛回沼澤，賀瀮焱手指一彈，將一道水向上引起，將躲在正上方樹梢裡的兩隻女鬼穿刺而過，一併收回沼澤裡。

當狐族的人出現時，剛好看見她們被抓入沼澤時激起的水花。

草地上遺落四散了一些黑色的腐爛人骨，這算是後遺症的一種，畢竟引沼水總是會有些沼底的東西被帶出來。

「使者呢？」女人們掩鼻而至，為什麼這空氣會臭成這樣？即使是沼氣，也不該如同地窖般的腐臭啊，而且，還有一股——騷味。

女人們咆哮著，衝著賀瀮焱說著韓語，他並不在意，只要靠近沼澤，有水他就能自保。

不過，人群中最終走出了讓大家噤聲的人。

崔珍萱。

「怨鬼們呢？」她開口是中文。

「解決了。」他悠哉的閒步，「也該讓她們明白，她們根本不是九尾狐。」

崔珍萱露出哀色，「有時候人在自欺欺人時或許比較幸福，你這樣做她們根本無法承受，連升天都難。」

「她們沒有資格升天，就算那群女人是冤死，她們還是動手殺了人、食人肝臟，助紂為虐。」賀濂焱根本不在乎，「這是妳們種下的因，幾百年來的犧牲品。」

崔珍萱皺起眉，輕嘖了聲。「你說得沒錯，但她們不是自願的，不能找個更好的方式讓她們解脫嗎？」

「什麼方式？就算不是自願，錯就是錯，犯罪就是得償還！」賀濂焱揚聲回應，「天道沒有那麼仁慈，我也沒有！」

他的腦海裡，總會出現自己創造出的熊熊業火，還有那個女孩微笑的臉龐——要論無辜，她才是真正的無辜！

但是無辜者依然挫骨揚灰，這算什麼天道！

「你——」崔珍萱深吸了一口氣，雖然頗有怨懟，但對於賀瀮焱將一票冤魂淨化，還是心存感激。

否則她們就會繼續被困在地窖數百年，只怕也沒路可逃。

「而且不是我做的，妳們不該有異議。」賀瀮焱忽然回首，望著沼澤另一端，那幽幽長草飄揚之處。「是妳們最最崇敬的傢伙呢！」

咦？崔珍萱瞪大了雙眼，看著長草之間，身影晃動。

有個人，從裡頭緩緩的走了出來。

黑色的及肩長髮，圓圓的臉蛋，身上穿著粉色的洋裝，腳上沒有鞋子，赤裸的小腳踏草而出。

連所謂的主事者，那三個女人也都不約而同的發出驚叫，刷白了一張臉。

「承秀？」崔珍萱僵硬著身子，連聲音都在顫抖。

賀瀮焱也詫異的望向她，他知道這裡有什麼存在，但萬萬沒想到會是個六歲女孩的靈魂，而且……

這是六歲的崔承秀。

賀瀮焱腦子裡百轉千迴——如果這個是崔承秀的魂魄，那在惜風手掌心裡的傢伙究竟是？

「崔承秀？」他忍不住再次重複，雖然不知道這傢伙懂不懂得中文。

『嗯！』那女孩竟點了點頭，用稚嫩的聲音回答著。

整個九尾狐家的女人們呈現疑惑或惶恐，主事的女人更是感到不可思議，一堆韓語在空中交雜著，既激動又不安，若不是崔珍萱出聲喝止，只怕現場已亂成一團。

「妳是崔承秀的話，現在到底幾歲？」賀瀮焱應和著她的身高，蹲下身來，也為了確認她是不是靈體。

比剛剛那個成人版的崔承秀還清楚，眼前的女孩子的確是鬼，不是人。

『這是六歲的身體，珍萱應該記得，我那天掉下去時穿的是這身衣服。』女孩轉向臉色慘白的崔珍萱。

「妳知道妳現在在跟我說中文嗎？」賀瀮焱打趣般的問著，彷彿在說：賣假啊！

『我知道啊，好難學，但是學久了還是會。』童音說著大人般的語氣，『我可是已經大二了不是嗎？我跟著學習，沒有遺漏。』

賀瀮焱立即蹙起眉心，「跟著誰一起學習？妳是說那個大二的崔承秀嗎？」

六歲的崔承秀再度點頭。

「這太離譜了！」他手裡暗自拿出了長佛珠鍊，以防萬一。「妳以這形體出現，是要表達什麼？」

『我六歲時就已經死了！我沒有什麼死而復生，我根本也不是什麼九尾狐轉世，我的屍體還沉在沼澤的爛泥裡！』她的口吻有點不高興，『因為我們家族根本沒有什麼九尾狐的血統！荒唐可笑！』

崔珍萱深吸了一口氣後，轉過身去跟所有人轉述六歲孩子的話，自然引起一陣譁然，有人不信，也有人陷入恐慌。

緊接著崔承秀繼續用大人的語氣說話，使用韓語只是造成更大的驚恐，彷彿在摧毀數百年來的信仰一般。

但對賀灝焱而言，這個傢伙六歲就死了，卻蟄伏至今才現身，未免太不合常理了！

「妳現在出現得很不合理，而且如果妳死了，那在大學的崔承秀又是誰？」更別說，這個崔承秀充滿妖氣。

崔承秀頓了頓，仰首望向賀灝焱，露出個為難又憂心忡忡的神情。

『我覺得，現在最不需要擔心的就是我或是九尾狐。』崔承秀用相當鄭重的口吻說著，『我們都只是想成為九尾狐的平庸之輩罷了，你該擔心的是已經成功的人。』

咦？賀灋燚不明白崔承秀話裡的意思，只是凝視著她。

小小的孩子搖了搖頭，小手高舉，指向他的後方。

他回首，看著她指的方向，依舊不明所以。

『有人已經順利成為另一個人了。』崔承秀淡淡說著，『唯有除掉知情的人，才算完整的變身吧？』

賀灋燚先是蹙眉，然後再次望向她小手指的方向，那是他要惜風逃離的方向——他倏地跳了起來，狠狠的倒抽一口氣！

他怎麼沒有想到，世界上沒有巧合這種事啊！

惜風！

第九章・忘我

幾乎伸手不見五指的夜裡，惜風能聽見的只有風聲，以及自己的喘息聲。

「停！等等！」她忍不住停下腳步，「我跑不動了！」

蘇子琳緊緊拉著她的手，至此也鬆開了，彎著身子以雙掌抵著膝蓋，兩個女生上氣不接下氣，在這深黑的林間。

「呼呼——」蘇子琳半站起身，望著身後的漆黑。「好像……好像沒人追來？」

「咦？那，那——郭佳欣呢？」惜風站直身子，只看得見遠處的火光。

「她不是跑在妳後面嗎？」已經適應夜晚的她們勉強可以辨識，至少知道這附近除了她們之外沒有人。

「我不知道，賀濚焱把我推開後，我就跟妳一起跑了。」那時郭佳欣似乎有停下，但蘇子琳拉了她就狂奔，也沒能顧及郭佳欣。

惜風心臟漸漸平緩下來，她們兩個一靜下來就開始被不安襲擊，更遠的地方也有沖天火光，是賀濚焱在的地方嗎？那裡的火光幾乎都沒有動，他們是否包圍了他？

那些怨魂是否緊緊追著他不放？因為樹梢上毫無動靜，幾乎從她跟賀澐焱分開後，那些食肝的怨魂們就轉而追向賀澐焱的方向了。

他也是理解到這點，才刻意與她分開的嗎？惜風蹙起眉，開始在大衣口袋裡尋找小型的手電筒。

鑰匙圈上掛著一小根銀柱，裡頭是簡易型的 LED 迷你手電筒，賀澐焱在飯店時幫她掛上的。

「惜風。」蘇子琳一看見她打開手電筒，就害怕的躲到她身後，不敢看手電筒的照耀。

林間樹裡，光一掃過只怕看見可怕的魍魎，讓蘇子琳不由得閉上雙眼，全身顫抖。

「啊，還是有一群人朝著我們過來。」雖然她們已經算跑得九彎十八拐了，但是她可以看見另一部分的火光朝著這邊移動。

惜風思忖了一會兒，決定關掉手電筒，避免曝露行蹤，她可不想被當什麼九尾狐砍頭而亡。手電筒關起的那剎那，她忽然瞧見林間有東西唰唰的移動。

還有怨魂？但她不動聲色，只是推著蘇子琳繼續往前走。

「要等郭佳欣嗎？」

「不了，逃命沒有時間等待。」惜風說著，遠方傳來淒厲的慘叫聲，那尖銳聲是自以為是九尾狐的怨魂們。

蘇子琳嚇得轉過頭去，聽著那慘叫聲此起彼落，惜風緊蹙的眉心漸而舒展，若是怨魂慘叫，代表賀瀰焱應該沒事了吧？

她不自覺的笑了起來，感覺到他沒事，她就覺得心裡放下一顆大石。

「她們其實好可憐。」蘇子琳幽幽的說著，「從出生開始就被灌輸錯誤訊息，讓每個女孩都以為自己可能是九尾狐轉世，然後為了證明自己可能的高貴，用生命去換取證明。」

「這是另一種傳統的悲哀，長久以來沒有一個人質疑過，或許該說是不想質疑。」惜風嘆了口氣，「因為對她們而言，與其生為平凡人，寧可相信自己擁有特殊的血統。」

「這很正常啊！就算是現在，世界上還是有很多人希望自己變成另一個人。」蘇子琳雙眼盈滿憐憫淚水，「希望自己是哪個美女，希望自己是誰誰家的孩子，希望自己含著金湯匙出生……」

誰沒有這麼希望過？

孩提時期羨慕同學的父母，多希望自己是別人家的小孩。青少年時期羨慕的是他人優異的頭腦或窈窕的身材，甚至是花容月貌，還有希望自己也能出身富豪之家，出手闊綽。

出了社會，希望自己有家世有背景，能平步青雲，希望自己是中了樂透的那個人，希望自己是被升官的那位……

希望變成自己由衷羡慕的人。

所以，她很能了解這兩個家族的想法：都是普通的平凡人，不甘於平凡的身分，因此即使無能卻甘願製造出獵狐族的身分，將自己家族發揚光大；而被迫害的家族積怨日久，若屈於平凡更不可能復仇，因此明明沒有根據也自願成為九尾狐的血脈，以妖之後代自詡。

「都是不甘屈於平凡。」惜風淡淡的說著，「忽略自己所擁有的，只看著別人擁有的——事實上每個普通人根本都不平凡！」

像她，之於其他人而言多麼不平凡啊！擁有可以看得見人類死相的能力，能察覺得到死意，甚至身邊還跟著一個死神——她願意嗎？她喜歡嗎？她有因此感到興奮莫名嗎？

不！她只想當個再普通不過的大學生，過著所謂平凡無趣的生活！

認真念書，畢業後找份工作，就算是普通人，要過生活、成家立業也是得咬著牙才能過一生啊！

「可是有時候自己擁有的就是不夠啊！」蘇子琳轉過頭望著她，「但是擁有的人卻太不自愛了！」

惜風微怔，凝視著蘇子琳含淚的雙眼，泛出了一抹苦笑。

「因為妳就是那個想要變成別人的人嗎？」

蘇子琳詫異的瞪大雙眼，「妳為什麼這樣說？」

「蘇子琳是音痴。」惜風沉靜的說著，聲音甚至不具語調。「而且她腳踝有先天缺陷，根本不可能像『妳』一樣奔跑——」

喝！

惜風餘音未落，身子瞬間被衝撞而震顫，一把利刃不留情的埋進了她的腹部！

「呃……」劇痛自腹部蔓延開來，熱液也自下腹汩汩流出，蘇子琳的鼻尖幾乎貼著惜風，手裡緊握著的刀子狠狠的再使力捅進惜風身子深處，逼得她倒抽一口氣！

左方的林間有亮光在跳動，郭佳欣的聲音由遠而近，拚命喊著惜風跟蘇子琳的名字。

「啊……」惜風痛得緊閉上雙眼，低首望著插在肚子上的匕首，刀刃已經全部沒入了身體裡。

好痛！！她雙腿一軟跌倒在地，卻及時伸出左手，朝著郭佳欣的方向。「擋下她！別讓她過來！」

白影自掌心竄出，霧氣瞬間籠罩，將惜風所處的空間團團包圍，也徹底的阻絕了郭佳欣的方向感。

「妳果然知道。」站在惜風身邊的雙腳緩步移動，不安的仰首望著突如其來的霧氣。

惜風咬著牙向後退著，鮮血溢流，她疼得好想大叫！

蘇子琳蹲下身來，望著她的眼神轉為冷酷。「如果妳沒有認出我來就好了，為什麼不把我當成蘇子琳呢？」

「我一直認為妳是蘇子琳啊……」惜風難受的望著她，「直到妳破綻百出……」

「我怎麼可能有破綻？連蘇子琳的父母都認為我就是她！」蘇子琳氣急敗壞的喊著，「每個朋友都沒有懷疑，除了妳！」

惜風挑了眉，刀子不拔的話，她就不至於失血過多，所以她再往後移了幾寸。

「我……並沒有懷疑過妳，至少到韓國來之前，我認為妳就是蘇子琳。」這是事實，但是到韓國後的這一路上，她發現到這個蘇子琳不只是跟她印象中完全不一樣，根本是不同的兩個人。

「咦？」偽蘇子琳逼向前一步，「妳那天在學校裡不是親口對我說，妳不認識我嗎？」

那天……蘇子琳突然跟她相認的那天，她是因為不想牽扯過去的朋友，才那麼說的啊！

「而且我之前在學校跟妳打過招呼，用蘇子琳的語氣、用她的習慣，妳完全都視若無睹，那時我就知道，妳一定會看出來的！」偽蘇子琳喃喃說著，「她曾說過妳是非常敏銳的人！」

「那妳是誰？」惜風冷靜的問著，如果她不是蘇子琳，那她過去的好友呢？

「我是……」偽蘇子琳擠出一抹苦笑，「我忘記我叫什麼名字了。」

她只記得，蘇子琳是個既陽光又活潑的女孩，擁有絕佳的社交能力、優渥的生活，還有一雙有求必應的父母。

跟必須拚命工作才能待在國外念書的她相比，簡直是個天之驕女。

她當時正為住院的病人排 iPhone，去交貨時順便接了其他跑腿的 case，遇見了臉上包滿紗布的蘇子琳；她遠從台灣到德國來整型，說自己出了點意外，打算讓自己變得更美。

不怕生的蘇子琳與她攀談，說住院真是無聊透頂，想找人聊聊天，因為蘇子琳太具吸引力了，讓她謊稱自己有親人入院，就為了常到醫院跟她聊天，同為台灣人在異鄉認識，總是特別的親切。

她們身高相仿，聲音相似，又只差一歲，所以非常談得來。兩人熟稔到互相分享生活上的一切，包括蘇子琳有寫日記的習慣、曾有個叫范惜風的好友、還有打算在這裡完成整型手術以及未來的願望，都跟她說了。

當然，就只有蘇子琳一個人單方面的分享，她不可能告訴別人她是如何拚命借錢才能圓遊學夢、也不可能告訴蘇子琳她有個殘破的家庭跟吸毒的父母。

了解了蘇子琳的一切，只是讓她想成為她而已。

所以，要完完全全的成為蘇子琳，真正的蘇子琳就不能存在。

「妳殺了她？」惜風難受的問，耳邊傳來隱約的低泣。

「她向來不聽話，很常溜出醫院，我誘騙她半夜出來玩。殺一個人很簡單的，只要狠得下心就可以。」偽蘇子琳望著自己的雙手，「拿石子往她後腦勺拚命砸，再沉下水裡，她就不會動了。」

然後，她換上蘇子琳的衣服，騎上電動車，為自己製造了一場意外。先毀掉自己的容貌，再利用車禍掩人耳目，那痛苦幾乎讓人痛不欲生，她不只是臉上痛，手也摔斷，重整與復健費了好長一段時間跟無數次的開刀。

但她終究獲得了完美的臉龐。

以蘇子琳的身分回到台灣，改變過外貌的她不會讓他人起疑，相似的聲音以及模仿到維妙維肖的笑聲跟行為舉止，連她的父母也未曾懷疑過。

她詳讀過蘇子琳的每一份日記，讓自己變得更像蘇子琳。

「妳想得太天真了，一個人絕對不可能變成另一個人。」惜風撐著地面，緩緩站起身。「就算把她的日記背起來也一樣。」

「我早知道妳看得出來！看過她的日記後，就知道妳不好應付！」蘇子琳微微一笑，「我一知道妳要到韓國來就想盡方法跟過來，就是在等待這樣的機會。殺了妳，就不會有人發現了！」

在國外動手比國內容易得多！

「妳——想太多了，若不是妳跟過來，我根本不會知道妳不是蘇子琳。」惜風痛苦的說著，疼痛異常。「是妳主動說要去唱歌，還說想跟我一起去唱歌，以及跑步的速度露了餡……」

偽蘇子琳瞪大了眼睛，顯得很驚訝。「妳剛說蘇子琳不能跑？但是她跟妳曾經一起在河堤邊賽跑！」日記裡寫得清清楚楚，蘇子琳還贏了。

惜風至此，揚起了一抹嘲諷般的笑意。「那是遊戲。」

「咦？」

「我跟子琳寫交換日記，分別寫下對方最不可能達成的事情。」熱液聚集在眼眶裡，惜風還記得，那時蘇子琳在她的日記裡寫下她會遇上喜歡的男生，陷入熱戀。

不知道蘇子琳怎麼矇到的，那時的她覺得惜風對男生很冷漠，所以認為她這輩子最不可能的事就是談戀愛。

事實上她猜對了，有死神在，她絕對不可能有這個機會。

「交換日記？」偽蘇子琳感到不可思議，她怎麼沒看出來！

「這就是妳永遠不可能是蘇子琳的原因，妳不是她，人生不是存在於日記中，靠讀取就能獲得的！」惜風已經藉故退到了一棵樹邊，「而且妳們是截然不同的人，難道妳想靠模仿她過一輩子嗎？值得嗎？」

「當然值得！妳根本什麼都不懂，當蘇子琳比做我自己好太多了，妳根本不知道我以前過的是什麼生活！」偽蘇子琳冷不防的衝上前，一把握住了插在惜風肚子裡的匕首。

「就算必須犧牲我最愛的跳舞，我也甘願——」

她狠狠的拔出刀子，鮮血瞬間噴濺而出！

「呀——」惜風急忙以掌心壓住傷口避免失血，然而下一刀卻直襲而來。

這一刀插進了心臟裡，冰冷進入心窩，痛楚讓惜風倒抽一口氣之後，就再也換不了氣。

她瞪圓了雙眸，看著近在咫尺的偽蘇子琳，她猙獰狠毒的面孔烙印在她最後的視線中。

「沒有人可以阻止我！」她發狂般的喊著。

成為蘇子琳，已經是她的人生了！

范惜風就這麼貼在樹上，胸口插了把沒入心臟的匕首後，雙手鬆軟垂下，鮮血一滴一滴的落進了土裡，身子緩緩滑落。

偽蘇子琳踉踉蹌蹌的後退，看著最後落在地上的，是惜風手上那圈手鍊。

手鍊並非因斷裂而落地，倒像是惜風剛剛取下來想要祈福似的。

偽蘇子琳冷冷一笑，都什麼時候了，拿佛珠祈禱有用嗎？她又不是鬼，再多佛珠也擋不了她！

好不容易跟大家分散，把惜風帶到荒無人煙的地方，也有足夠的時間下手！

下一件事就是要把惜風的屍體解決掉！偽蘇子琳脫下染滿鮮血的手套，裡面還有一層塑膠手套，她隨時都為殺掉惜風而準備。

稍早刻意跑錯方向時原本希望再跑遠一點，確定無人打擾後再下手，沒想到惜風提前發現不對勁！往回跑時正想動手，偏偏賀潶焱他們竟然還真的沒上船，壞了她的好事！

什麼鬼呀、妖呀、九尾狐的確很嚇人，她沒有想過會遇到這種事情——但即使遇到了，還是不如讓她徹底成為蘇子琳來得重要。

范惜風應該要知道，人比鬼還可怕。

偽蘇子琳將染血的手套裝起來，放進背包裡，再拿出另一雙一模一樣的手套重新戴上，之後再找機會將血手套丟掉即可。

這是國外，什麼事都有可能。

插在惜風胸口的匕首是鄭召成的，剛剛路上受到怨鬼攻擊時落了地，她趁亂偷了過來，等惜風的屍體被發現，都推給這個島上無聊愚蠢的獵狐族就好了。

要成為另一個人要有方法，像這些韓國人都是不切實際的做法，幾百年都沒有個結果，真是蠢到家了。

她開始左顧右盼，怎麼又起霧了？剛剛是從哪個方向來的？還是先離這裡越遠越好，就說跟惜風走散即可。

噠。

明顯的，樹林裡傳來枯枝被踩斷的聲音。

已經旋過身的偽蘇子琳一愣，全身寒毛不由得豎起，緊接著又一聲，再一聲，有人在林子裡走動！

「誰？」她嚇得回身大喊，不該有人——難道是郭佳欣？

難道得逼著她殺兩個人嗎？

人影走了出來，披散著一頭長髮，渾身濕漉漉，水珠滴落地卻無聲，那是個一路不停攻擊他們的怨魂，枯槁的女人佝僂著身子，腐爛的皮膚薄薄一層裹在骨頭之外，每根骨頭構造都清晰可辨，凸出來的眼珠、尖銳的利甲，齜牙咧嘴的咆哮著。

是怨魂？

「我，我不是男人！」蘇子琳慌張的搖著頭，趕緊後退。「吃我的肝臟是沒有用的！」

明明沒有東西跟過來不是嗎？剛剛一路上都沒有啊！

『我不想吃妳的肝臟……』怨魂努力直起身子，她晃動的頭腦後頭凹陷，一部分的小腦露了出來。『我只想挖出妳的心，看看妳的心是什麼顏色……』

咦——偽蘇子琳聽見準確的中文傳進耳裡，那口音腔調怎麼聽都是台灣人，而且雖然聲音緩慢——卻跟她如此相似？

「蘇子琳？」她戰戰兢兢的喊出了這幾個字。

但是——不可能啊！

『我跟了妳一路了！要不是妳到韓國來，要不是這裡有龐大的怨氣，我根本不可能順著水過來找妳！』真正的蘇子琳有張扭曲噁心的臉龐，那是曾被硫酸腐蝕過的傷疤。『妳這個惡魔！噁心的殺人犯、模仿鬼！』

偽蘇子琳詫異的瞪大雙眼，不可能，不可能……她想起在船上時攻擊她的怨魂，難道那不是九尾狐家族的怨鬼，一開始就是蘇子琳？

「騙人！妳不可能是蘇子琳，妳死在德國的湖裡！」她慌亂的大吼著！「不可能！不可能！不可能現在才現身！」

『那是因為她——』枯屍指向滑坐在地上、死不瞑目的惜風。『身上有強大的護身符，並不是我怕妳！』

直到剛剛，護身符脫離了守備範圍，才解除了那份結界防禦！

偽蘇子琳眼神立刻移向惜風的手邊，難道是那串掉落的佛珠——惜風早就知道真正的蘇子琳怨魂在這裡，所以才刻意把佛珠取下的？

她牙一咬，二話不說衝向惜風，如果鬼怕那串不起眼的佛珠，那只要拿到手——

說時遲那時快，枯鬼的長爪一攫，五根指甲順利刺穿了偽蘇子琳意圖拾撿佛珠的右手肘。

「哇啊——哇啊啊！」偽蘇子琳疼得慘叫，望著黑色的指甲刺穿整隻手臂，她驚恐的大叫著。「鬼在這裡——鬼在這裡！」

蘇子琳暴凸的眼珠轉了幾圈，右手使勁一甩，就著穿透處，硬生生讓指甲劃開肌肉與皮膚，自手肘穿透而出，順道扯下偽蘇子琳手肘上的幾塊肉片，乾淨俐落。

淒厲的慘叫不絕於耳，在狐霧另一端迷路的郭佳欣完全聽不見，依然不安的呼喚著同伴。

偽蘇子琳的右手肘以下被活生生的切開五處傷口，她痛得叫不出聲來，狼狽的摔在地上，想要站卻站不起來。

她看著噁心腐爛的女鬼上前，來不及阻擋，女鬼已經壓制住她的身體，發黑的利甲從髮際線開始，緩慢的順著她的臉龐割出傷口。

利甲如刃，每一刀都深入肌膚裡，紅色的血珠不停滾出

「哇——好痛——住手！救命！鬼在這裡！」偽蘇子琳歇斯底里的尖叫著，但是卻動彈不得。

她的臉好痛，這個腐敗的生物竟繞著她的臉龐劃了一個圈。

『這不是屬於妳的臉……』她逼近了她，咧嘴而笑，腐敗味衝口而出，逼得她想吐。

下一秒，怨鬼輕輕用指甲尖處，挑起了剛劃開的傷口邊緣。

「哇——」又是一陣疼痛傳來，偽蘇子琳顧不得噁心的想推開這黏滑的女鬼。

但是女鬼卻欣喜若狂的笑了起來，她貼著掀起一角的臉皮，就這麼唰的撕下了偽蘇子琳的臉！

皮膚的確是很薄，但她割得很深，力道也夠大，速度更是快得可以讓皮膚跟肌理分開，就像把膠帶從臉上撕除一樣。

噢，只是撕膠帶時會少了一些人體組織的沾黏罷了，但她是鬼，有的是龐大的力道。

偽蘇子琳愣住了，她聽見唰的聲音，感覺臉上的組織一寸寸被撕開，速度卻快到幾

乎來不及感受到疼，好像有什麼東西從自己臉上被剝離，望著眼前狂笑的女鬼手上，有一張血淋淋的——臉皮。

她的臉皮。

「哇——」劇痛終於直抵腦門，女鬼硬撕下了偽蘇子琳的那張臉皮，罩在自己腐敗的臉上。

『這是我的臉……呵呵，這才是我的臉……我才是蘇子琳！』

女鬼歡天喜地的戴著臉皮狂舞，偽蘇子琳滿臉是血，肌肉血管外曝，鮮血與體液流進了眼裡，她瘋狂不止的慘叫著，然後，親眼看見倒臥在血泊中的女人，眨了一下眼。

再眨了一下。

惜風緩緩坐了起來，已經痛得說不出話，凝視著胸口的匕首，真是該死，她真的沒有斷氣。

偽蘇子琳簡直看傻了眼，一瞬間忘記疼痛。

「妳殺錯人了。」惜風沉靜的望著她，「我不會死。」

「妳果然是怪物！蘇子琳一開始就知道，妳根本是——」

唰！大手一刮，蘇子琳撲了過來，她拿利甲當刨刀，瘋狂的往她血肉模糊的臉上刨出條條肉絲。

惜風望著一點鐘方向的身影，後腦勺被敲爛的蘇子琳正殘殺著那個連名字都拋棄的女孩，將她的臉戳成肉泥，她再望向地上的佛珠，賀濡焱說過，唯有她有心戴著它時，才會發揮守護的作用。

『去死！去死！去死！』

「啊啊啊——啊啊啊——」

從蘇子琳說她會唱歌開始，她就起疑了，音痴怎麼可能會唱歌，更別說子琳最恨唱歌了，不可能提議去唱歌；然後是船上的怨鬼，每一隻都發狂似的朝著男人的肝臟前進，只有一隻獨獨針對偽蘇子琳。

這一切她都放在心底，接著是疾速的奔跑能力，偽蘇子琳總是動不動拉著她往偏遠地方走，她全部都沒有忽略。

而一直跟著的怨魂從未對賀濡焱或是哪個男人出手，就只是跟著……她想過很多可能性，但礙於沒有親眼清楚看見過子琳的靈體，她無法斷定。

直到剛剛，手電筒照耀的那秒，蘇子琳的臉龐清晰可見。

那不是腐爛，她看過子琳被硫酸潑過的臉，就是那模樣。

刻意把郭佳欣甩在後頭，她也明白，只是她忍不住想知道這個偽蘇子琳究竟想做什麼？

想成為另外一個人嗎？

很多人都這麼想，但很少人會付諸行動。

慘叫聲已經終止了，惜風沒打算拔出胸口的匕首，只是吃力的站起身。

「我要戴上佛珠了，子琳。」她手裡拎著佛珠，輕聲提醒著。

這讓蘇子琳停下了動作，在她手上的是一團被拆解成屍塊的屍首，臉部已經被搗爛，手腳全切成了肉條，五臟六腑只是一團分不清組合器官的爛泥。

她幽幽回首，眼淚滑出了那張生人臉皮。

『惜風……』她嗚咽著。

「快走吧，灖焱來的話，妳就走不了了。」她微微一笑，「還有……對不起。」

蘇子琳摘下了那張臉皮，緩緩上前，這讓惜風皺起眉，下意識的後退。

『沒什麼好對不起的……謝謝妳。』她彷彿喜極而泣，然後唰的自惜風身邊掠過，竄進了林子裡。

霧，開始散去，最糟的是，白影沒有回到她的左掌心裡。

郭佳欣手裡握著手電筒呆站在原地動彈不得，她告訴自己這一定是作夢，那個吃力扶著樹幹站起身的人絕對不是她同學！

因為沒有人胸口插著一把匕首還能走得這麼穩當，更別說她幾乎全身上下都是血！身後傳來疾步聲，郭佳欣已經驚嚇到完全無法思考身後會不會是什麼意圖傷害她們的人，只知道手裡的手電筒被人一把搶走，高大的身影飛也似的來到惜風身邊。

「妳怎麼——」賀灝焱焦急的攙扶住她，首先環顧四周，手電筒照在地上那個只剩下兩隻腿的東西。「那是什麼？」

「蘇子琳。」惜風話說得很緩，總是得慢慢呼吸才不會痛，畢竟心臟有把刀。

「被怨鬼除掉？」他擰眉，照理說應該全部都追著他去，也被吞噬乾淨了，而且這殺法，還真是深仇大恨。

「嗯，但不是這裡的怨鬼，是有冤的厲鬼。」惜風淡然一笑，唇色都已經慘白。「是真正的蘇子琳。」

賀灝焱疑惑的望著她，真正的蘇子琳？

他想到六歲的崔承秀剛剛所言，這裡的人都只是「希望」成為另一個身分，但是已經有人「成功」。

「她並不是妳同學，是冒充身分的人。」果真如此……「我一時大意，我明明不信巧合的！」

哪有久違的同學不但在出國前一天重逢，還念同一所學校，而且還剛好參加同一個清倉團！

惜風泛出一抹讚許的笑容，「我同學剛剛親自復了仇。」

「那還不錯，大家各有歸宿。」他攙住她的身子，「倒是妳……」

胸上那把刀插得極深，他完全瞧不見刀刃，而刀柄上即使沾滿鮮血他也認得出來，是那群想用跆拳道獵狐的家族紋路。

「全書海剛剛在路上跟尹敏兒被怨鬼攻擊了，我們先逃一步。」她勾起一抹笑，虛弱但是極有信心。「別擔心，我死不了。」

他懂，賀瀰燚用力的點頭，在京都已經見識過一次了，皮開肉綻的厲鬼攻勢，她都能不死，真不愧是——死神的女人。

「妳還是別動吧！死不了依然會痛，一把刀子梗在心口難免不舒服……」他沉吟著，「把刀子拔起來會比較舒服嗎？」

「不要，我失血過多，死不了卻也動不了，不想成為你的累贅。」她笑得勉強。

好，賀瀟焱還是嘆了口氣，眼底多的是心疼。

接著他去把呆住的郭佳欣拉過來，她已經進入完全呆滯的狀況，望著惜風又望著地上的肉泥團，賀瀟焱正琢磨著多少也是要洗去她的記憶，讓她記得有同學是不死之身並不是好事。

林間傳來窸窣聲，惜風登時回過頭去。

「那邊的人也出來吧！躲著沒好事。」賀瀟焱早聞到了血腥味。

微弱的啜泣聲傳來，步出的是狼狽的尹敏兒，還有身上帶血的全書海。

被攻擊過了——賀瀟焱皺著眉看著全書海腹部有撕裂傷，看起來肝臟應該還好端端的在裡頭，只是皮肉傷倒是不少，渾身是血。

原來他們早就在這裡了，只是躲著不敢出聲。

「剛剛什麼都看見了嗎？」惜風虛弱的問著。

尹敏兒沒否認，低泣著點頭。「我們早就到了，但是，什麼都不能做，他又一直流血。」

「把他放下。」賀瀟焱要尹敏兒輕柔的將全書海擱下，看得出來腹部已經做了緊急處置，傷口很醜陋，血不停的流，狀況未明。

賀瀟焱拿出身上的水，倒在手心裡輕輕的唸著咒語，再淋上全書海的腹部，他發出痛苦的哀號，抓著尹敏兒掙扎顫抖。

至少淨化了鬼毒，賀瀰焱的目的只有這個。

「我順便告訴你們，剛剛在沼澤那邊，出現了崔承秀的鬼魂——但是只有六歲，因為她六歲時就已經身亡了。」他簡單的說著，「也就是說，你們在台灣費盡心思殺掉的那個人，根本不是崔承秀。」

咦？連惜風都訝異的瞪大雙眼，那個不是崔承秀？她望向自己的手掌心，剛剛白影離開後就沒有再回來了，為什麼？

該想的是，當初為什麼只是跟假崔承秀接觸，她就能在她掌心上留下封印？

「你們說得——我都混了。」後頭的郭佳欣忍不住開口，「崔承秀六歲時就死了？」

「嗯，死透了，真的掉進沼澤淹死了，只怕屍體還在沼澤池底的爛泥裡。」賀瀰焱讚許般的笑了起來，「這就可以解釋為什麼躲在惜風掌心裡的那個崔承秀完全沒有死亡前的模樣，頭沒有被砍下、身體也沒有任何被強酸腐蝕的跡象，反而完整得驚人。」

他這才想到，在沼澤邊現身時，那個崔承秀是躲在樹蔭之下，狐霧圍繞、視線又昏暗，他當時並沒有確定她的身分是人、是妖或是鬼啊！

第十章・九尾狐

郭佳欣根本丈二金剛摸不著頭腦，一個人在那邊喃喃唸著關係圖，她打算當自己在作夢，雖然惜風胸口的匕首讓她覺得很礙眼，但惜風跟她保證刀子不抽出來就沒事，才勉強讓她放了心。

至於那團肉泥是蘇子琳，她決定避而不見，眼不見為淨！

不一會，人聲漸而逼近，郭佳欣才啊了好大一聲。「那崔承秀真的是九尾狐嗎？」

眾人紛紛看向她，這是怎麼導出來的結論？

「拜託，你剛剛說崔承秀六歲就死了，屍體都還在沼澤裡，那就不可能是附身啊！不是附身的話，就是有個東西變成崔承秀在生活，所以會不會就是你們一直在講的九尾狐！」

「哇……」賀濡焱好生讚嘆，真是個簡明易懂的直接推論法。「妳這個推論的前提必須要真的有九尾狐這種妖孽，其二是世界上還有很多種妖可以使用。」

郭佳欣咬了咬唇，偷偷的湊近惜風。「所以到底有沒有九尾狐啊？」

惜風輕笑，她也不知道啊……被一隻不管是誰都沒看過的九尾狐搞到現在這個地步，她深深覺得可笑。

金在旭終於率領著族人出現，手上的刀子在黑夜裡散發著金色光芒，雖然只有賀濡焱看得見，他卻打從心底想要那柄刀。

以崔珍萱為首的「狐族」也跟著趕到，前後差不到幾分鐘。

六歲的崔承秀先一步來到賀濡焱跟前，瞧見她靈魂的尹敏兒跟全書海驚駭得說不出話來，他們忍不住瞥了郭佳欣一眼，仔細思考她那直接導論的真實性。

小女孩立定在惜風面前，像看世界奇觀一樣的望著她胸口的匕首。

「不是獵狐者下的手。」她先聲明。

『果然不是一般人，所以她才會選擇妳寄宿。』小女孩說著大家似懂非懂的話語，轉向逼近的人群。『真是好不容易，總算聚集了。』

聚集？是啊，賀濡焱站起身，要求傷者跟普通人都到他身後去，拿著礦泉水在跟前畫出一條界線，先做條預防萬一的結界。

兩派敵對數百年的人馬因九尾狐而聚集，在這些人類的身後有著巨大的怨念，地窖裡持續湧出執迷不悟的怨鬼們，貪求血腥的欲望依然顯而易見。

「從來沒有這種情形……」尹敏兒有些訝異的望著匯集的人們，「我們跟狐族的人從來沒有這樣聚集在同一個地方過。」

「敵對這麼久，怎麼可能聚集一堂？我們連意圖開個會都會被長老阻止！」全書海咬著牙說，淨化之水給予的疼痛尚未完全捱過。

聞言，站在最前頭的小小崔承秀忽然挑起了一抹笑。

那抹笑惜風跟賀濡焱都瞧見了，一股惡寒自腳底竄起，他們總覺得那抹笑令人非常非常的不舒服！

彷彿她在為這一刻歡愉似的！

「全書海！尹敏兒！你們為什麼沒有動手？」金在旭手執刀子上前，嚴聲厲語。

在有階級觀念的家族裡，金在旭比他們都高一級，讓從小被灌輸要服從的全書海打算站起身來回答，卻忽被尹敏兒一掌壓下肩頭！

「我們不想再殺人了！崔承秀就算了，這個同學是無辜的！」她哭著對金在旭大吼，「你們自己看，崔承秀早在六歲就死在這裡了，根本不是什麼九尾狐！」

她指向看似輕快的小女孩，獵狐族人們現在才注意到她，紛紛訝異的竊竊私語；崔珍萱一步上前，來到金在旭身邊，簡單的說了她們在沼澤時遇到的狀況。

「所以我們在台灣殺的根本不是崔承秀！她也不是什麼九尾狐轉世，在惜風身上的也跟九尾狐無關，她就只是個普通的台灣學生而已！」尹敏兒緊張的大聲說著，似乎希望金在旭能手下留情。

金在旭的確陷入一陣苦惱跟沉思，若崔承秀早就死了，那他們殺的人是誰？轉頭再看病入膏肓的金兆成，為什麼他依然奄奄一息？

「那崔承秀就是妖孽！她寄生在那個女人的體內——一樣必須斬殺她，不然救不了兆成！」

聽著惜風的翻譯，賀瀮焱還沒開口，最後頭的郭佳欣倒是跳了起來。「你們有完沒完啊，幹嘛不幫他掛急診，一直找惜風麻煩做什麼！」

嗯……說得好！賀瀮焱客氣的請她蹲下身子，別成為太明顯的標靶！她說的很有道理，因為在她眼裡，金兆成的確就只是個需要看醫生的患者。

不過他是明眼人，明白金兆成身上有妖氣纏身。

『等了數百年，一直找不到方法讓你們兩邊的人同時站在這塊土地上。』小小的崔承秀愉快的將雙手放在身後，輕快的蹦跳著。『想不到竟然藉由一個台灣女生做到了！』

咦？賀瀮焱驚覺萬分不對，他伸長了手想逮住那小小的鬼魂，她卻瞬間如輕煙一般，讓他抓了個空。

幼小的崔承秀成了煙霧閃到一邊，然後對著空中吹了一股氣……白色的霧從她的口中吐出，絲狀的煙霧迅速延伸，在轉眼間圍繞住重重人群，下至土裡，上至樹梢，最東在兩大家族與怨鬼之後，至西就在郭佳欣的背後，狐霧邊際離她非常的近，他們等於沒了退路。

白氣形成一個白霧般的球狀，像水晶球般將他們包圍在裡頭。

而球頂最上方的霧氣纏綿繾綣交錯而下，自上頭往下注成一個人形，現身的是一個任誰都熟悉的人影——成人版的崔承秀。

兩個崔承秀站在中間，事實上離賀濡焱他們比較近，坐在地上的惜風也留意到——六歲的崔承秀是個靈體，但二十歲的崔承秀竟有影子。

惜風逐漸發冷，剛剛在看似斷氣的那瞬間，她又到了那冰冷陰暗之處，只是這次的生死交關，死神竟然沒有出現。

她會再斷氣一次嗎？惜風虛弱的靠著樹幹，如果能真的斷氣……就……

現身的成人版崔承秀讓眾人瞠目結舌，這具有影子的是人？還是妖？

崔承秀勾起一抹冷冽的笑容，全身忽地變得更加慘白，對邊的人們驚恐的後退，望著他們都該熟悉的「九尾狐繼承者」變幻。

只是眨眼間，那個崔承秀已經改變了容貌，她變得比之前更加妖冶豔麗，披散著一頭雪白長髮，明眸大眼裡鑲的是純黑的瞳仁，皮膚真的是似雪的白色，唯一紅豔的只有那張性感的唇。

半裸的身子只罩了一件傳統的韓服，衣襟略開，沒有刻意拉緊，而下半身卻在狐霧繚繞中，出現了一根……又一根的尾巴。

天哪，若非親眼所見，只怕賀瀟焱也不敢置信——真的是九尾狐！

「崔承秀死後，妳代替她活下來嗎？」賀瀟焱萬萬沒想到，不但真的有妖，而且打從一開始就存在於惜風掌心內。

雪白的長毛搖晃著，數根尾巴柔軟卻有力的晃動著，九尾狐回眸朝賀瀟焱扔出個笑靨，伸手突地朝他一指。

一股氣自她指尖竄出，直抵他的胸膛，快到他因為傻眼而失去防備，不過那倒不是什麼傷人的術法，賀瀟焱沒有感受到殺氣，回首不安的望去，連郭佳欣都按住胸口，似乎也感受到那股氣。

「這裡是我的地盤，長久以來都是我修煉的地方。」九尾狐幽幽的開口，她對著眼前那兩個家族的人說話，賀濡焱卻發現他聽得懂！

九尾狐剛剛是刻意要讓他們聆聽的嗎？

「千年前我們就跟人類約定，這裡要列為禁區，不讓人打攪清修，但總是有人擅入……」她停下腳步，又回頭看著賀濡焱。「送上門的餐點，怎能放棄是吧？」

食用生人肝臟原本就是她的最愛，又能增加修行，她不親自出馬獵殺都有食物上門，哪有拒絕的道理？

金在旭用發抖的手橫舉著金刀，卻連拔刀的氣力都沒有，只是對她的逼近感到恐懼；崔珍萱則是戒慎恐懼的望著九尾狐，身後的族人已經嚇得連站都站不直了。

「然後……跟傳說一樣，不，那是真實發生的事情。」九尾狐低垂下頭，顯露淡淡的悲傷。「我愛上了某個闖入這裡的男人，我想跟他白頭到老……但是……」

但是？

狐霧裡的溫度驟降，眼前淒愴的女人形單影隻，她輕輕晃動的尾巴像是在安慰著她，雪白如珍珠的淚落下，她的身後忽然瀰漫出血紅色，當所有人定神一瞧時，才發現到——有一條尾巴不見了。

她旋身轉向賀濡焱，好讓那群人類看清楚她失去的尾巴，賀濡焱甚至可以從那斷口殘餘的靈力得知，是被金在旭手上那把刀子斬殺的。

她賭命愛上的男人，用那把刀殺死了她。

『所以她絕望悲傷的將自己封印起來，寧願成為一個傳說，也不想再接觸人類……』崔承秀朝著九尾狐走去，緊緊牽握住她的手。『一直到我掉下沼澤為止。』

「承秀……」崔珍萱蹲下身子，朝著崔承秀張開雙臂，那是她的姊姊，當年發生事故時崔珍萱也在場。

『我不想死，我一直大喊著我不想死，但是沼澤很深，水草跟泥巴都讓我再也爬不起來……然後我看見她了。』崔承秀仰起小腦袋瓜，九尾狐正與之對望。『我哭著說不想死，她……就代替我活了下來。』

強烈的求生意志激醒了沉睡中的九尾狐，她始終想成為人類的心再次被挑起——代替這個死去的小女孩活下來，化成她的模樣，以人類的姿態正式進入人類世界生活。

「我只是沒想到，都這麼多年了，竟然還有自以為是九尾狐後裔跟獵狐族的人類。」九尾狐這話說得嗤之以鼻，「全都是吹牛的人，而且你們誰都沒想過，我其實就是九尾狐吧？」

金在旭顫抖的手忽然拔出短刀，森冽的拔刀聲在林間迴盪，讓尹敏兒跟全書海都倒抽了一口氣。

「妳果然是妖孽！那我們當日在台灣斬殺妳時——」

只見九尾狐挑高了眉，露出一抹輕蔑笑容。「我怎麼可能這麼輕易的就死亡？你們毀的只是一個假象的肉體，我的靈體早就在之前……」她身子沒動，頸子倒是轉了九十度，瞬間看向惜風。「移轉到她身上。」

惜風看著自己的左手，繞了這麼一大圈，崔承秀一開始就不是人，才能做到這麼多事。

「這次我們一定要殺了妳！」金在旭話說得一點都沒說服力，因為每個字都在抖。

「這、這是天職，還有還有必須救兆成！」

一提到金兆成的名字，九尾狐原本輕佻的神情不變，她露出憂心忡忡的眼神，眼神裡載滿著柔情。

「兆成……我自己會救。」她深吸了一口氣，堅定的說著。

「啊……不會吧！」郭佳欣不安的轉了轉眼珠子，「她喜歡上人類……again？」

「之前尹敏兒就說過，金兆成跟崔承秀私下在交往。」惜風嘆了口氣，「再厲害的妖，還是逃不過愛情這關啊！」

「太荒唐了！」賀濎焱出了聲，「妳到底知不知道為什麼金兆成會落到現在這下場？

就是因為妳的妖氣！」

九尾狐忿而轉身，她倨傲的昂首。「我當然知道！他也知道！」

「所以呢？人類跟妖孽是不可能在一起的，你們沒有白頭偕老這種事情，因為人類會先因為妳的妖氣而亡！」這根本是明知故犯的事！

更別說她已經有過經驗了吧？

「閉嘴！我有方法可以救活他，更可以跟他在一起！」九尾狐尖叫著，聲音變了調！

只是這宣告在獵狐族裡彷彿投下了震撼彈，早就知情的金在旭擰眉聽著其他族人跟長輩們的質問，為什麼金兆成跟去台灣監視崔承秀，最後卻談起了戀愛？

甚至有人揚聲朝這兒質問尹敏兒二人，他們兩個現在打死都不敢回去家族，面有難色的咬著唇。

愛情這種事怎麼擋？崔承秀一開始就知道自己抵台後會被監視，韓聯社的成立也是為了控制她，金兆成身為社長，自然跟她接觸較為頻繁……就算從小被灌輸再多的觀念，在金兆成眼中，他看見的就不是什麼九尾狐，是個普通的女生啊！

最糟的是，他也知道家族哪有什麼獵狐能力，現在是資訊發達的年代，到台灣念書的他們視野大開，回過頭看自己家族守著的歷史根本是場空，怎麼會在乎？

背著大家跟崔承秀展開交往，想著天高皇帝遠，最好乾脆就在台灣落地生根算了——怎麼知道，崔承秀不是什麼九尾狐的傳人，而是貨真價實的九尾狐一隻，搞得妖氣攻心，命在旦夕。

事情變糟之後，韓聯社只能回報家族，擊殺令旋即頒下，因此盡速斬殺了崔承秀，希望能換回金兆成一條命，也「光耀門楣」。

不過這一來可糟了，因為他們惹毛的是真正的九尾狐，不是以前一堆自以為是的九尾狐。

「他們就是相愛了！誰知道會有真正的九尾狐！」一直心存不滿的尹敏兒忍無可忍大吼起來，「幾百年了，我們都在敵對無辜的人們，事實證明崔承秀家族根本沒有什麼九尾狐的血脈！」

「笑死人了！」九尾狐厲聲一吼，「我又沒跟人類生下孩子，怎麼可能會有我的血脈！全都是自以為是的人類！」

這句話既嘲諷又輕蔑，最糟糕的是……還有一抹殺氣。

「一切一切都是你們害的！當年也是你們鼓吹他來殺我，把我說成殘虐的妖怪，逼他殺掉我！」九尾狐臉上浮出血色紅筋，憤怒異常。「現在也是……一堆冒充我的人、拚命要殺我的人，阻止我跟兆成在一起的人！」

所以她在等待！

等待這些人踏上禁區的那一瞬間，違反禁令的那一刻，在九尾狐的地盤上，她就可以為所欲為了！

賀瀰焱瞬間領悟到這一點，但為時已晚。

狂風掃起落葉，落葉竟片片成刃，疾速的往聚集的人們飛去！

慌亂瞬起，不管是狐族或是獵狐族的人尖叫聲四起，慌張逃竄，但雙腳怎敵飛葉？只不過須臾瞬間，該是枯黃的落葉瞬間染紅，俐落的穿透人的身子、胸口，再落土歸地。

而染滿鮮血的紅葉飄上了地，又瞬間被土壤包覆吸收。

一眨眼間倒下十幾具屍體，郭佳欣掩嘴驚叫卻不敢出聲，賀瀰焱身邊兩位同是獵狐族的人嚇得動彈不得，深怕不小心就勾起九尾狐的回憶，這兒還有兩個叛徒。

九尾狐目露兇光，雪白的長髮飄揚著，晃動的狐尾曾幾何時竟也全數沒入土裡，有力得像是種進去一樣。

在狐霧邊際的人們以為自己得了地利之便，前頭有人成了替死鬼，便有機會得以逃出生天，誰知道一穿過狐霧後，便進入伸手不見五指的濃霧地帶，前一秒還在相互呼喚，下一秒就被從地面竄出的物體刺穿身子，千瘡百孔。

九尾狐的尾巴分成數以千計的細枝，地遁般的自遠方地面重新伸出，將人體穿成馬蜂窩後，再讓他們牢牢如傀儡般的釘在地面。

這下子又是十幾具屍體，血淋淋的架在地面。

「妖孽就是妖孽，再如何偽裝也掩蓋不了本性！」賀濡焱倏地上前，將手上的佛珠拋飛出去。

這裡深受中國文化影響，而且不似日本發展出自己的文化，照理說，神明該是同一個——賀濡焱就賭這個機會，必須要把這個妖孽除盡才可以！

「賀濡焱！」惜風伸手想抓住他，卻慢了一步。

長串的佛珠在半空中像活了起來似的，瞬間斷開，成了一條繩索，就著九尾狐的頭頂落下，還將她緊緊纏繞了數圈。

她回眸一瞪，望著蓄勢待發的賀濡焱。

「你以為我是什麼？我可不是一般的鬼！」她張嘴大吼，但聲音就像是從天而降，籠罩著整個區塊！

電光石火間，她幾乎連施力都沒有，圈在上臂處的佛珠應聲而斷，一顆顆佛珠往賀灩焱這裡彈射過來！

他大步的往後跳開，回到剛剛設置的水結界後頭，大手往地上一壓一升，所有人發出尖叫聲躲藏，但疾速的佛珠終究被水牆擋了下來！

「你要幹嘛？」惜風終於有機會逮著他了。

「我？當然是要解決掉她啊！這種妖孽怎麼能留在人間？」賀灩焱不懂都什麼時候了，還問這種問題。

「為什麼？她又沒犯什麼錯！」惜風提出了不一樣的看法，「就算是妖也是生命，她又沒傷害人！」

「范惜風，妳流血過多暈頭了嗎？九尾狐不食用人的肝臟是不可能修行到這個境界的，更別說金兆成已經因她的妖氣奄奄一息——」賀灩焱將惜風的頭轉來轉去，「現在這片血海妳瞧不見嗎？」

九尾狐展開了慢動作的虐殺，她正緩慢取出穿過狐霧之人們的肝臟，而見到慘狀不敢貿然穿過狐霧的人們則恐懼的朝各方竄逃，就算在林子裡奔跑，最終也會發現自己根本在繞圈！

這是個球狀區啊！

「那是他們逼她的！難道人類就沒有錯嗎？」惜風厲聲的反問著他，「人類可以迫害妖，那妖為什麼不可以傷害人類？」

賀濂焱瞪大了眼睛，卻沒有對這個問題感到質疑或是停頓。

「因為我是人類。」他冷漠的回著，「我們永遠是敵對方。」

就像為什麼法律只在於殺人有罪，而不會立下殺狗有罪的法，因為制度是人類訂的，其他的族群沒有發聲的權利。

而會危害人類的人、事、物，自然由人類反抗制衡。

沒有更多的言語，賀濂焱拿著礦泉水瓶立刻往外奔去，這一次不是衝向九尾狐，而是越過她，往獵狐族那兒奔去。

『妳要殺掉大家嗎？』小小的崔承秀突然慌了，急忙拉住了九尾狐。『阿姨、姑姑他們……』

「不殺光他們，這個傳承就不會停止，我跟兆成就不可能在一起！」九尾狐怒瞪著崔承秀，「我受夠他們的阻止了，我也不想再聽見女孩子的哀號！妳難道希望這種自以為是的傳承與殺戮繼續下去嗎？」

『我不想啊……但是……』崔承秀哽咽的哭了起來，『我已經死了，我無能為力了！』

是啊，她無能為力了，就算她活著也無法改變現狀，說不定在幾年前還因為要證實自己是九尾狐轉世而被殘殺了！

她六歲就溺死了，說不定還是一種上天的恩賜呢！

惜風站起身，她知道賀濎焱想要做什麼，而她想阻止這一切……不管是自以為有能力可壓迫別人的獵狐族，或是持續不斷的傷害自己家人的狐族，甚至是九尾狐的屠殺……她全部都想阻止。

才走出水結界之外，九尾狐的尾巴忽然自土裡歸返，成了一條條正常活躍的尾巴，只是白毛不再，尾巴上頭沾滿了黏膩的鮮血，一捲動就濺了惜風滿臉血漬，因為尾巴上頭捲著一大堆熱騰騰的肝臟。

九尾狐回首時注意到惜風，深黑的雙眼只是凝視著她，然後伸手拿過尾巴捲來的肝臟，開始囫圇吞棗的一個個生吞入肚。

「住手！我會阻止這樣的傳承！」崔珍萱忽然狼狽踉蹌的主動衝上前，「請妳不要再殺害任何人了！」

九尾狐不語，持續吞著肝臟，雪白的嘴角邊全沾上了血，卻依然不顧吃相的拚命塞著，僅僅瞥了崔珍萱一眼，就望向了金兆成。

崔珍萱不由得回頭一望，金兆成的轎子已經被人放在地上，抬轎的四個人並沒有死，而是逃之夭夭。

九尾狐為了怕傷害到金兆成，落葉刃並沒有傷及轎夫，反而是他們扔下金兆成而逃。

「不……不會吧！」崔珍萱蒼白著臉色轉回頭來，「妳想要用大家的命去換金兆成嗎？」

咦？惜風錯愕的望著九尾狐，這是什麼意思？

「我是妖，金兆成是人，跟我在一起只會折損他的壽命……但是，有你們的生氣就不一樣了！」九尾狐嚥下最後一個肝臟，「用你們的命來補足他的生命吧！」

「不可以——」崔珍萱驚恐的叫喊著，但誰也無法阻止九尾狐。

她只是將染滿鮮血的雙手一揮，就有淡藍色的光球從狐霧外竄入，而地上倒臥血泊中狐族十數具屍首身上也出現一樣顏色的光球，全數往金兆成的身上灌入。

那是生命嗎？惜風詫異的望著，如果九尾狐也這樣取她的生命，能取得出來嗎？拿自己的餘生去幫助金兆成活著，是否會比等待著被死神帶走好？

這瞬間，惜風把剛剛的目的忘得一乾二淨，她突然很想很想……就這麼在南怡島上死去……這裡風景秀麗，是個長眠的好居所啊！

九尾狐手一揮，地上的落葉再度全數飄起，又在眨眼間成了利刃，往殘餘逃竄的人們紛去，人們四散在狐霧的角落處，葉子便往四面八方而去！

崔珍萱一伸手，竟然真的為自己衍生出一道靈力牆，準確的擋住落葉刃，以保護住在她身後未逃竄的人們！

惜風腳步踉蹌往前，她一直想要真正的死亡，脫離死神的掌控——再拜託賀濡燚將她的屍身毀掉，這樣連借屍還魂的機會也都杜絕掉了！

張口欲言，她卻發現自己在求死的這瞬間，腦子裡閃過的不是恐懼、也不是死神，更不是什麼多餘的求生意志……

賀濡燚呢？她忽而回身，為什麼看不見他？他剛剛才從眼前奔離，怎麼瞬間就不見人了？那些落葉刃會不會傷到他？

她應該要先找到他，擋在他面前，至少她是不死之身啊！

心隨意動，惜風離開了九尾狐面前，向右奔離；九尾狐對她沒有任何殺意，基本上……在她身後的這一掛，她根本沒有傷害他們的意圖。

「惜風！妳要去哪裡？」郭佳欣跳了起來，怎麼大家都跑光了！

她也想追，但是一看到十一點鐘方向那個殺氣騰騰的九尾狐就嚇得不知所措，身邊兩個抖個不停的人也說不出話來，她想要做些什麼，卻又瞥見了地上那團肉泥，最後轉身作嘔。

崔承秀嚶嚶啜泣著，崔珍萱努力運用自己的天賦保護親人，獵狐族早已四散，老者幾乎都已經在一開始就被殺掉，代理的金在旭拿著靈力之刃不知道逃到哪去了。

而九尾狐專注的追殺著，唯有郭佳欣注意到不遠處那木轎上的男人，震動了身子，緩緩的睜開了眼。

「咦！」郭佳欣下意識指向了他，「金兆成……金兆成！」

什麼！尹敏兒跟全書海立即往斜對面看去，只見金兆成緩緩睜眼，他的臉上甚至出現了血色，神智迷茫的開始張望周遭這一切。

九尾狐太過專心追殺人，她的長尾再度沒入地下，準備對付意圖穿透狐霧逃跑的人們。

而在白樺樹林深處，賀濡焱追上了金光的來源。

「喂——」他終於攀到了金在旭的肩膀，「你給我等一下！」

金在旭嚇得魂飛魄散，賀濡焱越喊，他跑得越快！

「嘖——定！」賀濡焱累了，結印一打，喊了聲咒語，符紙貼上金在旭的背部，他瞬間止步，還差點仆街。

「做什麼！」金在旭慌極了，現在是在逃命啊！

「我要跟你借刀子！你們不是獵狐族嗎？九尾狐都出現了，還逃得這麼快！獵個頭啦！」賀濡焱氣喘吁吁的將他手上的刀子接過，頓時感受到強大的靈力自刀子流入他的體內。

天哪……這真的是神器啊！

強大的力量可以傳進持刀者的體內，而他也能感受到自己的靈力灌入到這把刀子上，這柄刀子是道雙向門，可以讓靈力交流互換，再兼以融合，乃至於刀尖上嗎？

刀鞘是純金打造的，拿在手上相當沉重，上頭刻了文字，再以硃砂染紅填滿，很妙的是，上頭不是韓文，而是梵語。

「你們連這把刀都是偷的？」賀濡焱有點無奈。

「什麼偷的？那是我們家代代相傳——」金在旭意圖辯解，賀濡焱根本不想聽。畢竟他們總是有說不完的理由，證明別人的東西都是他們的。

落葉沙沙聲至，賀濡焱拿出打火機點燃一團火球，迎向衝至的落葉，他決定直接燒燬武器比較快。

火燒落葉成了灰燼，保住了這一區的人命，但是另一頭血光沖天，看來還是有人無法逃出生天。

撕下金在旭背上的符，賀濡焱還推了他一把。「你可以繼續跑了，刀子我借走了。」

金在旭被推了一把，原本應該要往前逃，但卻眉頭一皺的回身，意圖搶下刀子。「這是我們家的傳家寶，你想趁亂偷走？」

「傳家寶是放著看的嗎？這把刀子有機會除掉九尾狐！」賀濡焱輕嘖一聲，俐落的閃開金在旭的搶奪。

「這把刀子真的可以……」金在旭瞪大雙眼，顯得不可思議。

「看不出來吧？什麼都不會的人先顧著保命吧！」賀濡焱握緊刀子，不想浪費時間的往反方向奔去。

不過沒跑幾步，就看到驚人的景象，一個胸口插著刀子的女人跑得氣喘吁吁，臉色如白紙般虛弱。

「喂——」賀濡焱一把攫住惜風的手臂，「妳這樣跑起來很嚇人耶！活像是妳在追殺大家……」

惜風上氣不接下氣，跳動的心臟裡插著刀子，已經很難受了，賀濂焱還搞笑！「說什麼啦？九尾狐打算殺掉所有人，用他們的生命換金兆成的命！」

「所有的人……」賀濂焱蹙起眉心，依照人與妖生活的壽命耗損率，如果拿這裡所有的人當備用資源，的確綽綽有餘——要白頭到老也不是不可能的事了！「真是有夠混帳！費這麼大功夫做什麼？只要她死了，金兆成就能獲救了！」

「為什麼——」惜風倏地擋住了他，「沒有兩全其美的辦法嗎？她想跟金兆成在一起，他們深愛著對方啊！」

賀濂焱瞥了惜風一眼，這句話他當年問過不下數百遍了，但答案是什麼？

「沒有一條能讓大家都幸福的路。」他沉著聲回答，「妳不也知道嗎？」

在小琉球初次見面時，她也這樣對他說過。

「妳不要再動了。」賀濂焱要她原地休息，甩開了她的手，緊握住那與他靈力相結合的刀子，直往九尾狐的方向奔去。

白色的妖氣就在正前方，順著這條路直走，只是他要怎麼做才能解決掉九尾狐？已經太多人砍下她的頭，九尾狐或是沉睡或是躲藏，還不是再度完整現身？

他知道是崔承秀的求生意志與吶喊喚醒了她，她也曾經想要活下去，想要以人類的姿態生活，但是很多事情既然不可能，就不該強求。

想活下來的人不只她，但是不行就是不行——

殺了這麼多人，造孽的妖，怎麼可以再活在這世上呢？未來的她將殘害多少人呢？

林間穿梭著許多藍色光球，無辜者的生命力一個個注入金兆成體內，他的體力迅速恢復，神智清明，望見的卻是親人屍橫遍野，還有一隻妖氣沖天的白色九尾狐。

尹敏兒想要上前攙扶他，但是卻不敢跨過九尾狐的面前，一旁的全書海陷入昏迷，身體趨向冰冷，因為血液不停的流失。

最後是郭佳欣咬著牙試探上前，往金兆成身邊衝過去。

若不是她的動作引起九尾狐的注意，九尾狐也不知道自己深愛的男人已然甦醒，那瞬間，落葉刃紛紛落下，殺氣轉眼消失！

「住手！」金兆成一能說話，就吃力的喊了出聲。「小九，住手！」

趕到他身邊的郭佳欣趕緊解開束綁在他身上的布條，那是以防昏迷中的他落下轎的措施。

九尾狐激動的望向金兆成，九條尾巴從土裡抽出，愉悅般的晃動著，用手背狼狽的抹去臉頰上的鮮血，卻只是越抹越糟，她喜極而泣的走向金兆成，打量著氣色紅潤的他。

「兆成……」她開心的笑了起來，「你感覺怎麼樣？沒事了吧？」

「這是怎麼回事？」金兆成指著滿地的屍體問著，「妳做了什麼？這是我叔公、我外公還有我的伯父們……」

望著滿地的屍首，九尾狐倒是露出冰冷的神情。「他們都該死……這些人只會阻止我們在一起而已！」

「小九！」金兆成不可思議的怒吼著，「妳怎麼可以殺害我的親人！」

「因為他們要殺我！為什麼不行？」九尾狐尖聲回應，「阻礙我、殺了我，數百年來都是如此，我再也不要默不作聲！」

而且——九尾狐要這些人的命，去補你的命啊！郭佳欣自己在腦內補完，不敢吭聲。

「這是我的家人啊！再愚蠢再迂腐也是我的……」金兆成終於得以自由伸展四肢，他跳下轎子，衝到一具屍首邊，豆大的淚珠滑下。「父親……」

九尾狐不在乎什麼親情，她只顧著滿足的望著金兆成，看見他又能自由行動，氣色好得一如正常人，就表示她成功了。

「他們最後只會要你來殺了我。」九尾狐染滿血漬的雙手輕柔擱上金兆成的手，「你願意這樣嗎？」

他盈滿淚水的望著九尾狐，他這才明白，妖跟人之間還是有差距。

「我不願意……但是這不代表我同意妳殺害我的親人。」金兆成哽咽的說著，深深吸了一口氣，痛苦的放下屍體。

這裡是九尾狐的禁地，他還搞不清楚為什麼家人們會走到這裡來，更別說不遠處四散的屍身是狐族人，這兩派人馬怎麼會有相聚首的一天呢？還在禁地上會合？

「你只能選擇一方。」九尾狐幽幽的說著，「你在知道我是九尾狐後，就應該有覺悟的！」

金兆成眉頭緊蹙的抬首，他是有覺悟！有和妖相處一生的覺悟、有著自己可能被妖氣侵襲而亡的覺悟，有著就算時光短暫也想跟九尾狐廝守到最後一刻的覺悟——但是親族被弒，這不在他的覺悟範圍內啊！

他張口欲言，眼神卻忽然一瞥，閃到了九尾狐的身後。

九尾狐瞬間領會，她倒抽一口氣的回身，卻只見到某人的靈光閃過，然後——金光閃爍，刀子俐落的揮下，鮮血噴濺而出。

淒厲的叫聲響遍了整個島，九尾狐瞪大雙眼厲聲哀號，她的一截尾巴落在黃土地上，斷口處鮮血淋漓。

第十一章・終願

「啊——啊啊啊——」九尾狐向後跳躍，卻不支的踉蹌，她的尾巴被斬斷了！

一隻腳踩住斷尾，賀濔焱手上緊握著金色刀子。

「傳說有時也是真實的！傳說中九尾狐一條尾巴代表一條命，砍頭都死不了，我想命脈就是在尾巴上吧！」這是他仔細推敲而出，看這狀況方向是對了！

「你這——你這忘恩負義的混帳！」九尾狐氣得全身直發抖，「我沒有傷害你的意圖，你為什麼——為什麼——」

「因為妖不見容於世。妳任意食肝取命，甚至違逆天道將他人的生命力轉到金兆成身上，這些都是妳該滅的原因。」賀濔焱盯著虛弱搖晃的尾巴瞧，可不可以定格一下，他數不清還有幾條要砍。

「什麼叫移轉生命力？」金兆成聽出了關鍵字句，不可思議的回首看向扶著樹幹的九尾狐。「妳做了什麼？妳殺掉這麼多人，是為了我？」

九尾狐沒有回答他，她的妖瞳正注視著賀濔焱一旁的樹木！

「你憑什麼制裁我——」她尖聲嘶吼，聲音如細針般的穿刺在場眾人的耳膜，他們必須雙手掩耳才不會感受耳朵的疼痛！

賀瀟焱也是如此，他下意識的遮起雙耳，眼尾餘光卻瞧見了如觸手般的東西向他伸了過來！

這一切快到令人措手不及，樹幹上的枝條像是活人的手般，全數朝他插了過來！人影飛奔而至，一把推開了他，快到賀瀟焱連是誰都來不及看到！

但是他跌落在地，天空中忽然下了雨，他下意識的伸手去擋，擋下的是滿手滿臉的鮮血。

一個人就擋在他面前，樹枝穿過了她的身子，卻因為再度深入地面，而讓她不至於倒地。

「呀——」郭佳欣的尖叫聲幾乎劃破天際，跪倒在地，不敢睜眼。

「惜風……」賀瀟焱望著那脆弱的背影，血濺到他眼裡，視野裡竟也一片血紅。

「我沒關係……」她咬著牙回首，「我死不了……你留心……」

九尾狐看著為賀瀟焱擋下攻擊的惜風顯得相當訝異，她猶豫是否該將樹枝抽出，但是一旦抽出只怕會造成她大量失血。

「惜風！」郭佳欣又哭又叫著衝到她身邊，望著她身上插著的無數條枝幹，根本不知所措。

「妳這隻妖怪！」賀瀟焱跳了起來，操起刀子直直往九尾狐衝去。「我不憑什麼，就憑妳會傷人，任何人都有權利制裁妳！」

九尾狐沒有辦法緩下思考，她立刻捲起地上的落葉往賀瀟焱身上招呼，但是靈力值幾乎滿點的他，巧妙的運用手上的刀了，硬是築成一道金色的球形結界，擋下了那些落葉刃。

他仍舊筆直的衝向九尾狐，那散發著無法逼視金光的刀刃，九尾狐早就認出來了。那是絕對可以殺掉她的法器，那是——

金兆成突然狠狠的從一旁衝撞而至，將賀瀟焱撞離了奔跑的方向，兩個男人扭打在一起，往旁邊滾成一團。

帶血的九尾狐立即離開那兒，她畏懼那把金刀的力量，並且慌亂的盤算著下一步。

「不要……再傷人了。」被樹枝撐著的惜風幽幽說著，「他不會放過妳的……」

「我就算不再傷人，他也不會放過我吧？」九尾狐望著惜風，白色淚珠如雨下。

惜風緩慢闔上雙眼，依照現在的賀瀟焱，答案是肯定的。

蟄伏在樹後的一群人悄悄探頭，崔珍萱看著角落扭打的男人們，再看向右方的九尾狐，忍不住站了起來。

「回沼澤去吧！妳躲起來，他就找不到妳，沒有辦法傷妳了！」崔珍萱走向九尾狐，慌張的哭喊著。「不要再有任何人受傷害了！」

九尾狐沒有回應，她緊咬著唇顫抖，兩個扭打中的男人很快的分出勝負，尚未完全復元的金兆成被賀瀟焱踹到一邊，痛苦的抱腹打滾。

「我還有事尚未做完……」九尾狐深吸了一口氣，一一的掃視著其他人。尹敏兒、全書海、惜風、郭佳欣，以及崔珍萱。

「到那邊去，跟尹敏兒她們在一起。」九尾狐對郭佳欣開口，手一指，樹枝在剎那間全數抽離惜風的身子，血花四濺，惜風跟活水龍頭一樣，血從身上的孔洞橫流而出。

郭佳欣嚇得來不及接住，是崔珍萱趕緊抱住癱軟的惜風，她抱著惜風往尹敏兒那邊拖去，說也奇怪，惜風的血竟然止住了。

郭佳欣訝異極了，想不到崔珍萱好厲害，要不是九尾狐，她說不定還有兩三下！她小心翼翼的幫忙把惜風放下，再抬首想跟崔珍萱說什麼時，卻見到她的淺笑和已經擱在自己額上的手，下一秒她失去了意識。

無辜的人還是不要知道太多、承受太多比較好，崔珍萱這麼認為，將外套覆在郭佳欣身上。

「你不怕死嗎？明知道她是妖，還要跟她在一起？」賀濎燚撿起剛剛被打到一邊的刀子。

「你懂什麼？我就是愛她，就算她是妖，我還是喜歡她。」金兆成覺得渾身都好痛苦，不停的打滾。「你這個不懂愛的男人，我說再多你也不懂。」

賀濎燚握著刀子望著打滾的金兆成，眼神黯然失色。

「我不是不懂。」他幽幽昂首，「而是再也不想懂了。」

餘音未落，他瞧見金兆成的身上浮出陣陣藍光，剛剛九尾狐費盡力氣移到他身上的生命竟然開始離體。

咦？賀濎燚驚覺不對勁的回身，這表示術法尚未完成，他人的生命尚不屬於金兆成！

他猛然回身，恰好與九尾狐四目相對。

她劃上微笑，身上泛出森白的光芒，雙手倏而高舉。

賀濎燚衝向了九尾狐，她知道他的到來，卻還是認真的施行妖法，無視他的存在。

沒入地裡的尾巴伸得筆直，賀瀟焱逼近九尾狐時以滑行之姿意圖閃避可能的攻擊，一路到了九尾狐的尾巴邊，疾速一刀砍下——又一道尾巴活生生被砍斷，鮮血如噴泉般湧出，但九尾狐動也不動。

她正在努力將移命之法完成，讓所有人的生命力移轉到金兆成身上。

因為移命之法若是中斷，會加速金兆成身軀的敗壞，她殘餘的尾巴不為所動，在這狐霧區間，持續傳來人們此起彼落的慘叫聲，血光重重，藍光在空中點點聚集，賀瀟焱見狀只覺得大事不妙，他必須盡快斬除這九尾狐妖才行！

手起刀落，又一條尾巴落下，九尾狐咬著牙悶哼了一聲，即使痛得全身都在發抖，她卻還是動也不動！她加快速度並縮小狐霧範圍，水晶球般的狐霧瞬間開始往內縮，而驚愕的人們，一被捲進狐霧內，身子瞬間分崩離析，像被捲入不同空間般的四分五裂。

每一個成為碎塊的屍體都在九尾狐的妖力下成了藍色光球，往空中聚集飄散。

慘叫聲越來越少，九尾狐沒有放過任何一個人，如同賀瀟焱也不打算放過她一般。

「住手！」賀瀟焱大喝著，「不要逼我趕盡殺絕！」

九尾狐不予理睬，她逼自己專心，不要遺漏任何一個人，賀瀟焱輕啐一聲，再狠狠的砍下。

「不——」終於有人哭著厲聲阻止，衝到賀瀰焱身邊，拉住了他的手。「她只是想變成人而已！修行千年就只有小小的願望啊！想跟喜歡的人在一起有錯嗎？」

賀瀰焱詫異的望著扣住他手臂的崔珍萱，她淚流滿面，為這九尾狐興起了同情之心。

「她是妖，永遠不可能變成人。」賀瀰焱是對著九尾狐說的，「不該作這種痴心妄想的夢，有些事情是命定的，根本不會實現！」

「為什麼不讓他們自己去解決呢？」崔珍萱用力拉住賀瀰焱準備再砍下一刀的手，「就算金兆成會死，那說不定也是他自願的啊！他知道自己活不久的——」

賀瀰焱怒眉一揚，使勁甩開了崔珍萱，將她往一旁的樹上甩去。

「妳在胡說八道什麼！妳不是下一任的族長什麼的嗎？妳自己看看妳的親人們都已經死於非命了，還在說什麼空話！」賀瀰焱厲聲吼著，「九尾狐都已經大開殺戒了，哪有什麼自己去解決的事情！」

「那是我們逼出來的！我們先殺死她幻化的身體，然後又意圖殺害惜風……都是我們害的！」崔珍萱竟哭著為九尾狐說情，「幾百年前開始的怨，造成淒美的傳說，造成這麼多人的死亡跟迫害，就是沒有人了解九尾狐的心！」

「心？」賀瀰焱深吸了一口氣，「為了顧全大局，必須捨去無謂的同情——妳應該記住這一點的。」

為了人類的生存，有時候現在的同情，會造成更大的毀滅。

賀灝焱閉上雙眼，就著剩餘的尾巴又是一刀斬斷。

「啊啊呀——」九尾狐再也忍受不住，尖叫的咬了牙，剩下的兩條尾巴捲了上來，倒臥在自己的血泊裡。

但是，她沒有暈去，她顫抖的伸出如狐爪般的雙手，對著斜角的金兆成……差一點點，只差一點點術法就完成了。

賀灝焱上前，望著倒在血中的白色九尾狐時，他卻猶豫了。

因為九尾狐身上泛著的白光竟然也點點離開她的身子，全數往金兆成身邊去，他詫異的看著如雪般飄在空中的光點，一時間驚訝的說不出話來。

『妳把妖力給他，妳會死的。』小小的崔承秀不知何時現身在九尾狐身邊，蹲在血中央。『妳保留著，還有修行的機會。』

「他不會給我機會的……」九尾狐瞟著賀灝焱，劃過一抹輕笑。

「妳在做什麼？把妖力灌給人類——」賀灝焱立即蹲下身子，扯過九尾狐的手，不讓她運行術法。「妳想把他也變成妖嗎？！」

「不這樣不能壓制灌進他體內的壽命……因為是……違逆天道。」九尾狐的聲音都出不來了，「妖力不會讓他變妖，只是讓他可以壓住反噬而已！」

「他若命該絕，就該讓他離開！」賀瀮焱緊握住她的手，不讓她施法。「是妳把他害到這個地步的，他也明白！」

九尾狐咬著牙瞪向賀瀮焱，冷不防的將剩餘的尾巴使勁一掃，竟直接掃上他的身子，力道之大，他直接被擊飛出去！

「你保護不了你的人，別以為別人都跟你一樣沒用！」九尾狐咬著牙坐起身！她口唸咒語，手再度打成結印，將自己的妖力灌進那橫躺在地上的金兆成。

賀瀮焱被打飛至少三公尺遠，直到撞上大樹才落下，肋骨鐵定斷了幾根，但他還是緊握著金刀不放。

身上的疼是小事，但九尾狐卻刺中了他心底深處的傷。

他才不是沒用！當年無論如何都不可能保下她啊！

忍著疼起身，他走近九尾狐，眼下幾乎沒活人了，少說百餘人的屠殺在他眼皮底下進行，他卻無能為力。

至少，必須解決掉這隻九尾狐妖，避免未來再危害人類。

「住手吧！」尹敏兒忽然跑到他面前，雙手呈大字形。「她已經傷得很重了，不要趕盡殺絕！」

「讓開。」賀濡焱冷冷的望著她，「婦人之仁只會遺害萬年！」

「可是她真的只是想過人類的生活而已啊！」尹敏兒真的很為九尾狐感到同情！

「那不代表她可以殺掉這麼多人！妳睜大眼睛看清楚，不要跟崔珍萱一個樣子！」賀濡焱使勁推尹敏兒回頭，「妳看看地上的屍體跟屍塊，有多少是妳的親人！」

尹敏兒哭了出來，她不知道該怎麼想，她深深為九尾狐掬一把同情之淚，可是她卻真的殺了這麼多人。

小小的崔承秀接著擋住他的去向，很遺憾她是鬼，根本不是賀濡焱的對手。然後他再度來到九尾狐的身邊，她知道，但是只差一道咒語了，絕不能功虧一簣。所以當倒數第二條尾巴被斬斷時，她還是沒有抵抗！

在空中所有的光點都消失時，九尾狐終於倒了下去，她只剩下一尾全紅的尾巴在血泊裡輕輕拍打，雙眼流出血紅的淚水，望著不遠處睜開眼的金兆成。

完成了，金兆成不論有沒有跟妖在一起，都勢必能健健康康，長命百歲，百鬼不侵。

黏膩的血讓賀濡焱幾乎握不住刀子，他凝視著已經無力反抗的九尾狐，明白只剩下最後一刀，這隻修行千年的九尾狐就會煙消雲散。

但是，他想讓金兆成見她最後一面。

就一面。

「……」金兆成花了幾秒鐘才接續了之前的記憶，他緊張的環顧四周，看見的是全身滾滿鮮血的愛人。「小九！」

九尾狐泛出了幸福滿足的笑容，最後一條尾巴興奮卻孱弱的高高豎起，左右搖擺了幾下。

「時候到了。」賀灝焱猛然抓住那一綹尾巴，重新緊握著刀子，蹲下身去——

「住手——你想對她做什麼？」金兆成慌亂的奔來，卻踉蹌摔地。

啪。

一隻手也握住了九尾狐的尾巴，甚至往前爬行，以雙手環住，再以身體堵住了尾巴根部。

惜風再努力一點，趴上了九尾狐的身子。

「妳在幹什麼？」賀灝焱皺起眉，她爬過來的嗎？

「別這樣……放她一條生路……」惜風望著她，「她只是執著於強烈的願望而已……」

「她殺了人了，惜風。」賀濂焱試著要撥開她，「犯了戒，這樣的妖怎能讓她活？」

「人犯了錯也不至死啊！為什麼一定要讓他們挫骨揚灰？」惜風吃力的抓住他的衣襟，「你明明知道……那是永遠無法挽回的痛啊！」

賀濂焱瞪大了雙眼，她現在在說什麼？

「像我這樣的不死之身不也是怪物嗎？難道終有一天，你也要這樣對我嗎？」惜風望進了他的眼底，「她的妖力盡失，修行也快化為烏有了，若有什麼罪，不如讓天去懲罰吧！」

「你們到底是怎麼了？她奢求一樣不可能做到的事，為此屠害眾生，今天放了她生路，你們怎麼知道未來她還會做出什麼事？」賀濂焱對這一路的求情厭煩透了，不要再有人動搖他的心！

「她不會的！」開口的是衝上前護住九尾狐的金兆成，「我會跟她在一起，她不會再傷害任何人！」

一見到金兆成奔至，九尾狐又露出那種嬌羞的神情，既眷戀又悲痛的偎向他的手臂，虛弱無助。

「這裡身故的人們，太不值了。」賀濔燚掙扎著，他知道他無法使用業火將九尾狐除盡，因為這片土地沒有神明。

手上這把刀是唯一的方式，可是現在連惜風都阻止他解決這隻屠殺百人的妖狐。

什麼是對？什麼是錯？九尾狐明明殺死了這麼多人，就為了讓金兆成復活並且長生，做出如此違逆天道的事卻能活下來？

那些人們呢？裡頭甚至有真正無辜的人啊！

而且誰能保證，這九尾狐未來不會成為無惡不作的妖孽？

賀濔燚皺起眉，他刀子未曾鬆手，惜風看出來了，她使勁的半坐起身，雙手都揪住他的衣領。

「想成為人類不是錯啊！多少人不是一天到晚希望成為另一個人？他們沒有錯，為什麼妖想成為人就錯了？」惜風搖晃著他，「像我，我寧願成為你心底的那個她，挫骨揚灰也總比現在這個鬼樣子好！」

什麼？賀濔燚瞪大了雙眼，惜風那痛苦的字句刺入了他心底深處。

他幾乎呆滯了兩秒，瞬間將惜風擁入懷中。

「住口！不許妳再說這種話！不許再說這種話——」她根本不懂，那種親手將喜歡的女孩子燒成灰燼的感受！

惜風使盡力氣喊叫著，卻一把被賀濂焱緊抱住，霎時失去了力氣，她任憑他緊摟著，那份溫暖如此久違，她好久好久沒有被這種溫暖的臂膀擁抱了。

是啊，有記憶以來，都是冰冷與死寂陪伴著她。

九尾狐被金兆成橫抱而起，她望向賀濂焱時，兩人四目相交，眼底都轉著淚水；賀濂焱緊皺著眉望向她，手上的刀子握了又鬆，鬆了又握，但到底沒有再有任何行動。

該不該由他制裁，他也猶豫了。

九尾狐輕輕的闔上雙眼再睜開，彷彿是一種道謝。

然後她枕在金兆成的臂彎當中，聽著他喊自己的名字，染血的雙手撫上他的臉龐，漾出心滿意足的笑容……

接著，白光點點，向上飄散著，迎接了由上飄下的雪花。

尹敏兒昂起首，嘴裡吐著白氣，看著四周逐漸消散的狐霧，還有從天而降的雪花片片。

「下雪了。」她哽咽的說著，不知道為什麼淚落下了。

再奔到全書海身邊，想拉他起身時，卻發現他已經不能再動了。

賀濡焱也跟著仰首望向皚皚白雪，他吐出一縷白煙，懷裡的惜風往染血的九尾狐那兒探去，她淚眼婆娑望著虛弱的牠，九尾狐只是瞟了她一眼，卻泛出一個心滿意足的笑容。

雪白的唇顫動著，惜風蹙眉，狐疑的趨前，九尾狐在她耳邊落下了話語。

然後惜風睜圓著一雙淚眼，緩緩望向不知名的遠方。

崔珍萱疲累的走到郭佳欣身旁，將她拖到一邊去，避免被雪活埋，昏迷的她似乎正作著夢，喃喃自語。

然後她再走到散落的屍體群下，找到破裂的木盒，努力將盒子與上蓋挖出，擦去上頭的血跡，哭泣著來到賀濡焱的身邊。

她恭敬的跪了下來，捧著盒子，裡頭是個凹槽，正好能放一把刀。

賀濡焱猶疑了一會兒，望向走遠的金兆成背影，他懷裡的九尾狐已經逐漸消散，人形不再。

他將刀子放進去。

崔珍萱恭恭敬敬的蓋上盒子，捧著盒子的手不住發顫，最後她再也忍不住，緊緊將盒子拽在懷裡，痛哭失聲。

幾百年來的傳說與錯誤，終於在今天告一段落。

※　※　※

當金兆成帶著狐族所有殘餘的人回到大屋時，很多人都傻了，但是沒有人敢吭聲，還是迎接了大家入內。

雙方人馬只剩下幾十位存活，在禁區幾乎沒有倖存者，狐族只有崔珍萱，獵狐族只剩金兆成，說到底九尾狐也有自己的想法，殺盡眾人是為了成全自己的戀情與金兆成的壽命，但之所以留崔珍萱活口，賀濂焱認為是崔承秀的關係。

畢竟是親姊妹，兩個靈魂依憑生活這麼久，多少有情感。

大家只能慶幸沒有全員出動，否則也只有全軍覆沒的分；崔珍萱這方剩下的男性較多，他們得到了溫暖的衣服、食物及良好的照顧，活下來的女性也被安頓好，未來有的是全新的觀念等待他們接受。

惜風被安置在一間房裡，拔出胸口的匕首後，血染滿了床單，但是她果然死不了，崔珍萱將傷口封住後，她便安靜的在房裡休養，由賀濂焱單獨照顧。

雪地裡的屍首被大雪掩埋，那裡是無論誰都不會踏入的禁地，金兆成勒令再將訊息發布給島上的原居民，以及來往的商販，並且加派人手看守；原本當地人就都不可能靠近那裡，因此就讓屍首在雪地裡覆蓋。

等春暖花開之際，那片土地應該會解決掉那些屍體。

賀瀮焱進行了大規模的祈靈儀式，淨化那些亡者，他們的壽命全都聚在金兆成身上，但是他沒有理由除去金兆成，而且就算殺掉他，那些人也不可能死而復生。

而崔珍萱的聚落群則先由她進行溝通，原本就沒有進行殺戮的鬼魂們順利升天，其餘體認到自己不是九尾狐哭得心碎，鬼的哭聲嘔啞嘈雜難聽，但至少願意覺醒而接受淨化。

當然，還是有一大批執迷不悟者，已經認定自己是九尾狐，無論如何都不可能乖順，而且還意圖大開殺戒。

「陣形擺好了。」尹敏兒走向賀瀮焱，肯定的點了頭。

「我這裡也好了！」不遠處小跑步而至的崔珍萱手裡還拿著一包灰燼，交給賀瀮焱。

她們兩個負責按照賀瀮焱畫的陣形圖在聚落外頭畫圖，也花了不少時間，除了得先用木頭畫出深溝外，還得倒入大量符咒燒成的灰燼；所幸狂風掃不走這特別的符灰，灰一沒入土裡，就瞬間吸收，讓土溝槽染上灰黑色。

「嗯。」賀濡焱淡淡回著，他望著眼前的木屋群，難掩緊張。

他打算用業火淨化這冥頑不靈的怨鬼們，還有數百年來的怨與恨；這些氣場深入土裡，都已經將這區塊的地靈汙染，不用業火無法徹底掃除。

問題是——借得到嗎？

他要求其他人退出陣形之外，越遠越好，然後做了一個深呼吸，雙手半舉，掌心向上。

他闔上雙眼，將雜念摒出腦中，讓自己的世界頓時靜了下來。

寄居在這片土地的神明啊，請聽我的請求，這是場人類自己衍生的悲劇，但是太多亡者在悲鳴，他們的怨與恨汙染了這片土地——請賜予我使用業火的力，我將為您清除所有瘴氣！

業火……上來！

轟然一聲，橘豔的火光燃上賀濡焱的雙手，他緩緩睜開雙眼，挑起了喜悅的笑容。

這讓外圍的人們看得目瞪口呆，憑空生出的火團，跟之前利用打火機引火是不同的，而且當他把火往土地上的溝槽置放時，大火如同星火燎原，一瞬間順著陣形延燒過去！

須臾數秒，另一端的火龍就回到引火點與之會合了。

如從半空中看，一定能看見璀璨豔麗的火之陣，在這土地上燃燒著。

賀濔焱雙手打了結印，食指與中指相互併著，正式的唸起淨火咒，然後隻手輕掃過眼前的木屋，屋子瞬間便燃燒起來。

接連出現的是淒厲的慘叫聲。

火能燒淨地上物，也能將地窖中的靈魂全數燒盡，那些到此刻還認為自己是九尾狐的怨鬼們，連衝上來反抗的氣力都沒有，直接被地獄的業火焚燒殆盡。

崔珍萱望著火光沖天，淚水不自禁的滑落。

賀濔焱從容走了出來，雙手的火燄倏地消失。「在我允許之前，誰也不准踏進這陣圈，否則，被燒光了我可救不了。」

「謝謝。」崔珍萱微微一笑，「至少，該安眠的就安眠了。」

她抹去僅存的一隻眼睛，低泣著。

「妳的臉是被怨鬼所傷嗎？」賀濔焱早就想問了，「如果是鬼毒，那我有辦法可以幫妳！」

他伸出手，試圖撫上崔珍萱的臉頰，她卻緊張的後退，泛紅著一張臉。

「不，不是。」她慌張的搖了搖頭，「這是意外，我被狼群攻擊，跟鬼沒關係。」

「……」賀濔焱呆呆的望著滿臉通紅的她，淡淡的噢了聲。

崔珍萱趕緊頷首說抱歉，轉身就離開，一旁的尹敏兒倒是咯咯笑了起來。

「笑什麼？」

「很受歡迎嘛！」尹敏兒俏皮的望著他，「把小少女弄得小鹿亂撞！」

「多嘴。」他沒好氣的說著，他哪知道這種事。「我聽說妳這次要跟我們回台灣？」

「嗯，我要回去繼續學業，而且打算轉系。」她說話時，雙眼熠熠有光。「雖然我的夢想是念梨花女子大學，但是在台灣這麼久了，也喜歡那裡了。」

「終於可以照自己想法過活了？」賀濔焱語帶玄機的對著她說。

尹敏兒愣了一下，笑開的臉上滑下了喜極而泣的淚水。「終於可以做我自己了。」

她不懂為什麼這麼多人想成為別人？或許因為他們曾擁有自己，所以才會奢望自己做不到的事，像他們這些連人生都被操控的人，連自我都未曾擁有過，怎麼可能奢望變成他人？

他們只希望，有一天可以做自己罷了。

「這場火再一個小時就能燒盡，剛好可以出發去機場。」今天，大家要一起回台灣。

偽蘇子琳不在了，韓聯社這次回去的也只剩尹敏兒跟另外兩個因傷待在大宅的倖存者，又是一趟出國比回國人數少的旅行。

「晚上的飛機，可以再晚點出發吧？」尹敏兒皺起眉，這麼早走做什麼？

「我們要去逛逛，難得到韓國，我可不想回去的印象只剩下這些。」他笑了起來，「我先回去，這裡麻煩妳了！」

尹敏兒恭敬的頷了首，嘴角也鑲著笑，看來，是賀先生要跟惜風去逛街吧？呵，真有趣的兩個人，似是情人卻又矢口否認呢！

她轉向眼前焚燒兇猛的業火陣，雙手合十，開始誦唸佛經，不管是敵是友，認識與不認識，她都誠摯的希望，如果有來生……

大家都能做自己。

回到金兆成的家後，郭佳欣跟惜風都已經打理完畢，準備出發做最後的逛街，郭佳欣明白了一切卻發誓緘口不語，絕對不說出惜風的特異體質，而且保證把她視為正常人看待。

賀濂焱自是不信，但郭佳欣願意發下具效力的誓言。

他幾度想洗去她的記憶，但沒想到惜風卻加以阻止，她也不知道為什麼，像是想多一個人見證她的存在似的。

「我有點怪對吧？」她站在船緣，對自己也感到困惑。

他們搭乘觀光船前往本島，刻意不搭金兆成家的特殊船隻——以防萬一。

「妳本來就很怪。」一旁的賀灝焱說得很正經。

「我是說讓佳欣知道一切的事。」

「那是妳的選擇，我絕對尊重。」

惜風露出會心一笑，而島上的崔珍萱則帶著一批族人，在岸上跟他們揮手道別！金兆成無法泰然的送他們走，某方面來說，他們是造成悲劇的人之一，所以他只是淡淡的在家裡跟他們道聲再見而已。

船開啟了，郭佳欣開心的在船上跟崔珍萱道再見，連尹敏兒也大喊著她的名字。

「珍萱?崔珍萱？」一個老人忽然開口，就在尹敏兒的身邊不遠。

「咦？是！」尹敏兒用韓語點了頭，那老人家是船上的人，佝僂蒼老，一頭白髮又滿臉皺紋。

老人趕緊往岸上望去，帶著點期盼似的。

「怎麼了嗎？」尹敏兒好奇的問著。

「應該不可能啊！只是名字一樣而已！」老人家回身，嘆了口氣。

「您也認識叫崔珍萱的女孩啊？」

「唉，她是我孫女啊！他們就住在南怡島上，」老人家手裡拿著繩索，動作緩慢。

「很可愛的女孩啊，不過，七歲時被狼咬死了！」

「狼！」尹敏兒倒抽一口氣，狼？

「左半邊的臉都被抓爛了，眼珠被吃掉，找到屍體時根本殘缺不全！」老人家緩緩往前走去，「珍萱啊，島上也有叫珍萱的人啊！」

尹敏兒呆站在原地，臉色鐵青，郭佳欣好奇的一直問她怎麼了，她才緩緩的道出剛剛跟老人家交談的一切。

左半邊毀容的臉，眼珠子被吃掉了——七歲就死去的崔珍萱？

賀瀮焱立即看向岸邊，崔珍萱一行人已經轉身離去！

為什麼她具有靈力？為什麼九尾狐獨獨不殺她？為什麼說禁區是「她們」修行之地？為什麼她拚死保護九尾狐？又為什麼當九尾狐施法時，她就知道九尾狐想做什麼？

她自始至終都不敢讓他觸碰，接過金色靈刃時也是以木盒盛接，這些巧妙的地方，他們誰也沒有留意！最重要的是——賀瀮焱不由得讚嘆，當初所有人會聚集在九尾狐的禁地上，正是崔珍萱指引的方向——東北方！

船漸而遠去，但是岸上的崔珍萱卻止住了步伐，幽幽回首，彷彿知道賀濡焱正在注視她似的，兩人四目相交。

她劃上了一抹淺笑，僅剩的眼裡是深黑的瞳孔。

小小的崔承秀身影隱隱約約，拉著崔珍萱的衣角，賀濡焱的確瞧見了，在崔珍萱背後晃動的是半透明的——九條尾巴！

崔珍萱恭敬的朝他們頷首，感謝他們終結了所有一切，而她自己卻沒有染上任何一滴鮮血，同族也得以倖存。

「哈——哈哈哈——」撫著額頭，賀濡焱終於忍不住的大笑起來！

「笑什麼啦！」郭佳欣可是丈二金剛摸不著頭腦，太詭異了啦！

「哈哈哈！真不愧是狐狸精啊！」

『只是想變成人而已啊！修行千年就只有小小的願望啊！』

尾聲

待在韓國整整十天，郭佳欣跟惜風終於能夠到東大門、明洞等地方好好血拼一番，而且賀瀰焱還得回東大門去把住宿費付清——幫該旅館淨靈。

郭佳欣大概死裡逃生後覺得人生珍貴，買東西毫無節制，惜風倒是寡欲，什麼都沒興趣，只是跟著亂走亂逛。

「這件衣服很適合妳。」賀瀰焱拿著韓國特別的雞蛋糕——裡面真的有打一顆蛋的蛋糕，口齒不清的說著。

「是嗎？」惜風拿著薯條熱狗，相當認真的站在櫥窗前，這些真的超好吃！

「喂——你們兩個都不逛街的啊？一直吃一直吃！」郭佳欣提著大包小包咕噥著，從回到首爾逛街開始，這兩個人就拚命在吃小吃跟大草莓！

他們相視而笑，聳了聳肩。「妳繼續逛，我們就在這附近。」

郭佳欣扁了嘴，還是繼續去下一家廝殺。

賀瀰焱直接走進店裡，用英語跟店員交談，沒幾分鐘，就提著一袋衣服出來，交給了惜風。

「怎麼？」她狐疑的望向袋子裡，那帶有蕾絲的混搭洋裝，不但在她的袋子裡，連店家搭配的項鍊都一起買了！「這是……」

「送妳的禮物，下次跟我見面時記得穿這件來。」不是他要挑剔，惜風的衣服實在太樸素了。

惜風沒有拒絕，她淡淡的笑著。「你覺得我們還會再見面？」

「不會嗎？詛咒傳說大磁鐵？」他挑了挑眉。

「噢，閉嘴！我又不是自願的。」她揚起頭，「不過……我很喜歡出國玩。」

「即使半死不活？」他注意到了，惜風早就痊癒，卻不急著說要回台，淨在島上拍照、玩樂。

「嗯，即使半死不活。」她肯定的點頭，笑容裡藏著冬日的陽光。

賀瀰焱明白，因為死神不能跨國出來找她，待在國外的這些日子，是她唯一自由的時刻——即使遍體鱗傷。

「回去怎麼說？」他擔心的是這個。

「這我自己能處理，你別擔心也別插手，更不許打電話給我。」惜風千交代萬交代。

「明白。」他回去只怕也會被罵得半死，恐怕也沒什麼機會跟她聯絡。

「啊，對了，你上次送我的那個盆栽叫什麼？我的死掉了。」被死神弄死了。

「死了？那麼不好種嗎？我改天再拿給妳，那是鈴蘭，得要球根才能種。」

「嗯。」她用力點著頭，身子還是很虛，但是心情卻很快活。

她心裡只剩下蘇子琳的事，回台灣後，要不要去深究，她仍在猶豫之中；賀濴焱無法確認淨靈過程中有無蘇子琳存在，那些都是瘦乾枯槁又殘缺的女人靈體，實在很難辨別誰是誰。

探究蘇子琳的過去，勢必會牽動到死神的敏感神經，但是子琳自從殘殺掉那不知名的女孩後就再也沒出現，她也無從得知事實真相。

悲哀的是那位偽「蘇子琳」，她就在這世界上消逝，連死亡都是以蘇子琳的名字，這對她來說，值得嗎？

或許這是她心中想要的，徹底的成為另一個人，以他人之名存活，也能以他人之名下葬。

十數分後，尹敏兒的「車陣」到了，載大家前往機場，抵達機場後惜風就變得沉默，因為離回家的路更近了，在台灣有什麼在等她，她其實不敢想像。

但無論如何，死不了對吧？持續的痛楚是折磨，她也該習慣，只是恐懼仍在心中滋長，無法避免。

飛機起飛之際，賀濡焱自然的覆上惜風擱在把手上的手，因為她在微微顫抖。

離開機艙的那一刻，她就得跟賀濡焱形同陌路！

「啊！是飛機喔！小九！」

在雪色風光的南怡島上，《冬季戀人》的拍攝之處，金兆成就站在「戀人之門」四個字的木牌下，昂首看著藍空中的飛機。「是那架嗎？」

腳邊正在愉快跳躍的白色狐狸也昂起頭望著他，輕輕的點了頭，在「戀人之門」下跑來跑去。

相傳只要情人一起穿過這戀人之門，就能白首到老呢！

金兆成彎腰將白色狐狸抱起，仰望著隱匿至雲裡的飛機，露出了淡然的笑容；他懷中的狐狸輕輕捲著唯一的尾巴，眷戀的偎在他的胸口。

「等春天到時，我們就到首爾去吧！」他吻上白狐的臉頰。「離開這個地方！」

白狐輕輕的搓著自己的手，像是同意。

只要跟他在一起，去地獄牠都甘願。

「雖然是個假巫系，但是我還是擁有很大的集團跟公司，生活上不會有問題的！」

他抱著狐狸穿過了門，牠看起來有些喜悅與嬌羞。「然後我會設法應徵很多人，妳放心好了。」

「唔？」白狐望向他，像是聽不太懂他的話。

「放心好了，我一定會讓妳再變成人的，小九！」

咦？白狐睜圓了眼，一臉詫異的模樣。

金兆成劃滿了微笑，搓了搓白狐的頭。「只要一百個活人的肝臟，對吧？」

※　※　※

當鑰匙插入門內時，惜風就感到冰冷透過鑰匙傳進她的掌心。

門的那一端是冰冷與孤寂的世界，不必言語與警告，她就知道死神已經在房裡等她！

在機場時沒見到祂就讓她渾身發冷了，她有非常不好的預感，賀濂焱誇張到才離開空橋就被穿黑西裝的人接走，他們連一句話都沒說到，而郭佳欣跟尹敏兒等人一塊兒坐私人轎車離開，她跟他們在行李轉盤那兒分手。

很想假裝跟大家不認識，但尹敏兒跟郭佳欣無法理解她的做法，還是會過來跟她說話，因此她拿了行李就火速離開，隻身一人戰戰兢兢的回宿舍。

惜風顫抖著手就是無法扭轉鑰匙，祂知道她離開國內沒有報備、祂知道她待在韓國十天、祂知道她可能是故意——唔！

心窩傳來一陣劇烈刺痛，惜風揪緊胸口，手上的東西全數落地，連她都不支的撞上門再滑上了地！

好痛！天哪！她痛苦的壓住胸口，怎麼會突然這麼痛——是祂嗎？

巨大的聲響沒有引起同層室友的注意，因為這是寒假，時值過年，根本沒有人待在宿舍裡！

眼前的房門突然開了，惜風的物品像被吸走一般進入房裡，而她也一塊兒被拖進房裡！她沒有辦法說話，只能蜷縮著身子，痛苦的壓住心口！

『妳怎麼回事！』暴怒的聲音傳來，她的身子騰空飛起——事實上是被人抱著。

「啊……」她睜眼，果然看見祂，卻痛得一個字都說不出來！

『心臟？妳——』死神冰冷的手直接置放在她胸口，『妳連心臟都受傷了！妳到韓國去做了什麼？』

不是祂的折磨？那為什麼會這麼痛——惜風咬著唇忍住叫聲，一股力量將她壓制在床上，胸口上的手沒有離開過，凍徹心腑！

剎那間，痛楚遽然消失，惜風狠狠的倒抽了一口氣，睜開雙眼！

眼前的死神手裡拿著銀色的破片，刀尖。

啊啊……當日那柄匕首的刀尖斷裂，還埋在她跳動的心臟裡嗎？若非她是不死之身，恐怕怎樣也救不活了吧！

全身凍得發抖卻又冷汗直冒的惜風癱軟在床上，那痛楚似乎耗盡了她所有的氣力，凝視著銀亮的刀尖，她虛弱的闔上雙眼。

『到處都是傷，就算妳不會死，也沒有必要這樣折磨自己吧？』這聲音聽起來氣急敗壞，但是卻為她覆上棉被。

「我……」她脆弱的感受到身上被好整以暇的蓋上被子，有些受寵若驚。

『等妳醒來再給我好好交代清楚，究竟為什麼不告而別、為什麼去韓國，還有去那邊為什麼把身體搞成這樣！』祂還是在生氣，每個字都說得極重。

惜風安穩的躺在床上，這樣的平和讓她非常的不安。

「你不生氣？」她以為現在應該已經被折磨到半死不活了。

『我非常生氣，別以為下次我會允許妳再做這樣的事情。』但是祂的語調聽起來，卻不似想像的憤怒啊！

「可是……」她半坐起身，才想說什麼，眼前的電視卻突然打開了。

那是新聞台，正在播報緊急新聞。

『為您插播一則最新消息，在國道上剛剛發生了翻車意外，一輛廂型車疑似失速，直接衝撞向對向車道後，被後頭煞車不及的砂石車撞上，卡在車輪底下，我們可以看到現場瞬間爆炸起火，目前正在進行搶救中……砂石車駕駛及時逃出，因此……』

惜風瞪大了眼睛，她認得那輛車——是尹敏兒的車子。

車體已經完全扭曲變形，因為失速撞擊加上衝撞對向車道又被砂石車撞擊，根本不可能——不該有生還的機會！

她全身發抖，不是因為房裡的寒冷，而是……惜風緩緩看向坐在窗邊的祂，斗篷下的笑容揚起，喜不自勝。

她，明白為什麼她沒有被痛楚折磨生不如死了！

因為祂採取了更殘忍的方法！

「他們命不該絕的話……你這樣做是違反——」

『我是死神。』祂自負的說著，『關於死亡的事，妳真的覺得有我辦不到的事嗎？』

水靈的雙眼圓睜，淚水緩緩滑下堅毅的臉龐，惜風緊咬著唇望著窗邊椅子上的祂，揪緊了身上的被子。

九尾狐的耳語，忽然在她腦子中浮現迴盪——而她，心中湧起了十數年來第一次的願望。

她，絕對不想跟祂在一起！

異遊鬼簿II

九尾妖狐

作者　等菁
封面繪圖　Fori
美術設計　三石設計
總編輯　莊宜勳
主編　鍾靈
編輯　黃郁潔

出版者　春天出版國際文化有限公司
地址　台北市忠孝東路四段303號4樓之1
電話　02-7733-4070
傳真　02-7733-4069
E-mail　frank.spring@msa.hinet.net
網址　http://www.bookspring.com.tw
部落格　http://blog.pixnet.net/bookspring
郵政帳號　19705538
戶名　春天出版國際文化有限公司
法律顧問　蕭顯忠律師事務所
出版日期　二〇二二年六月初版
定價　280元

總經銷　楨德圖書事業有限公司
地址　新北市新店區中興路二段196號8樓
電話　02-8919-3186
傳真　02-8914-5524

國家圖書館出版品預行編目資料

異遊鬼簿II：九尾妖狐 / 等菁作 . --初版 . --臺北市：
春天出版國際, 2022.06
面；　公分
ISBN 978-957-741-516-5 (平裝)

863.57　　111003508

ISBN 978-957-741-516-5
Printed in Taiwan